电话安装奇事

La concessione del telefono

[意] 安德烈亚·卡米莱里 著

毕艳红 译

世界经典推理文库 7

人民文学出版社
PEOPLE'S LITERATURE PUBLISHING HOUSE

著作权合同登记号　图字 01-2017-5610

La concessione del telefono
by **Andrea Camilleri**

图书在版编目(CIP)数据

电话安装奇事 /(意) 安德烈亚·卡米莱里著; 毕艳红译. —北京:人民文学出版社,2017
(世界经典推理文库)
ISBN 978-7-02-013233-1

Ⅰ. ①电…　Ⅱ. ①安…　②毕…　Ⅲ. ①长篇小说-意大利-现代　Ⅳ. ①I546.45

中国版本图书馆 CIP 数据核字(2017)第 203268 号

责任编辑　**甘　慧　李　晖**
封面设计　**高静芳**

出版发行　**人民文学出版社**
社　　址　**北京市朝内大街 166 号**
邮政编码　**100705**
网　　址　**http://www.rw-cn.com**

印　　刷　**山东临沂新华印刷物流集团**
经　　销　**全国新华书店等**

开　　本　**890 毫米×1240 毫米　1/32**
印　　张　**9.75**
字　　数　**166 千字**
版　　次　**2018 年 1 月北京第 1 版**
印　　次　**2018 年 1 月第 1 次印刷**

书　　号　**978-7-02-013233-1**
定　　价　**45.00 元**

此书献给鲁杰罗、但丁和尼尼：他们不在身边，我感到度日如年。

人物表

维多利奥·马拉夏诺：蒙特路撒[1]的省长

克拉多·帕里内罗：省长的办公室主任，后来职务被罗萨里奥（“萨萨”）的哥哥贾科莫·拉菲乐里塔取代

阿里戈·蒙特利奇：蒙特路撒的警长

安东尼奥·多刺扎手[2]：维加塔[3]的公共安全特派员

耶苏阿勒多·兰扎-图洛：维加塔的皇家宪兵中尉指挥官，后来被伊拉里奥·兰扎-思科卡取代

保兰东尼奥·利卡里奇：皇家宪兵的中士

朱塞佩·森撒勒斯：公共安全司司长

阿玛必勒·皮罗：公共安全纪律办公室主任

卡罗·阿贝托·德·圣-皮埃尔：将军，西西里皇家宪兵

① 作者虚构的西西里省名，也是省会名，原型为西西里岛阿格里真托。

② 卡米莱里诸多作品中的人物都有着非常滑稽的姓名，作者也曾做过解释，这些滑稽的姓名只是为了逗人一笑，并无恶意。因此，为了能让中文读者直接体会到这种幽默风格，译者将一些姓名意译，“多刺扎手”“铜绿夫人”“狠吃”等皆是出于此目的。

③ 作者虚构的西西里城市名，原型为作者的出生地西西里岛的恩佩多克莱港。

司令

阿勒狄多罗·科尼亚罗：比沃纳的副省长

乔万尼·尼克特拉：内政部部长

菲利贝托·希尼：邮电部部长

伊尼亚齐奥·卡尔塔比亚诺：巴勒莫的邮电局办公室主任

阿格斯迪诺·普里塔诺：巴勒莫的邮电局办公室勘测员

卡塔尔多·弗雷西亚：蒙特路撒的地籍处主任

维多利奥·坦布雷洛：维加塔的邮政办公室主任

卡罗杰罗·隆吉塔诺（“堂罗罗”）：勋爵、君子[1]

卡罗杰利诺·拉加纳：勋爵的心腹

杰杰：勋爵的另一位心腹

奥拉齐奥·鲁索托：律师，是律师里纳尔多·鲁索托的哥哥

尼古拉·赞巴尔蒂诺：律师

菲利普·杰努阿尔迪（“皮波”）：商人，嘎埃塔妮娜的丈夫

嘎埃塔妮娜（“塔妮内”）：埃马努埃莱·斯奇里洛的女儿

埃马努埃莱·斯奇里洛（“堂内内”）：卡罗婕拉·罗勒

---

① 黑手党成员的别称。

（“莉莉娜”）的丈夫

卡罗杰罗·亚科诺（“糊涂虫卡鲁泽”）：菲利普·杰努阿尔迪的仓库学徒

罗萨里奥·拉菲乐里塔（“萨萨”）：会计，皮波曾经的朋友

安杰洛·古塔道罗：罗萨里奥和菲利普的朋友

茨冈雷拉[①] **医生：**维加塔的医生

堂柯西莫·皮罗塔：维加塔的本堂神甫

萨瓦多尔·斯帕拉皮亚诺：木材批发商

G. 纳帕与 G. 库库路罗：律师事务所

菲利普·曼库索：土地所有者

马里亚诺·贾卡罗内：土地所有者

贾科莫·吉利贝托：土地所有者

---

① 茨冈雷拉（Zingarella），在意大利语中有“吉卜赛女郎”之意。

目　录

所有的幻想和所有的狂热信仰在西西里突然崩塌，由此引发了反抗！

可怜的岛屿，被征服的领地！可怜的岛民，被视为需要教化的蛮夷！大陆人来教化他们：新的丘八们来了，即由匈牙利上校埃贝哈特那个叛徒指挥的那支臭名昭著的部队，第一次，他与加里波第来到西西里，随后便混迹在阿斯普罗蒙特的刽子手和萨沃依的中尉杜佩那个纵火犯之间；那些**官僚废物**来了；争吵和决斗的野蛮场面，美第奇家族的**省政府**、军事法庭，盗窃、谋杀、抢劫，这些统统是由新警察以王国政府的名义**密谋**策划并实施的；伪造、盗窃文件，以及其他无耻的政治行径，这就是右派议会的第一届政府！然后左派政权登台，他们也开始对西西里实施特殊举措；强取豪夺、欺诈、贪污、制造丑闻，以及无耻地浪费公款；各位**省长**、特派员、法官为内阁众议员们服务，同样无耻的幕僚集团、选举舞弊；滥用公款、溜须拍马；压迫战败者和劳动者，压迫者则受到法律保护，不受惩罚……

路易吉·皮兰德娄《老人与青年》

作者前言

1995年夏，我在家中的旧文件中发现了一份私人电话授权部长令（我在小说中对该部长令做了修改）。这份文件中，密集而或多或少有些神志不清的官僚行政程序系统让我立刻想以此写一个虚构的故事（我是在1997年3月写完的）。

电话安装的授权可以追溯到1892年，也就是，大约发生于我在《普雷斯顿的啤酒商》[①]中讲述的那些事件的十五年之后。于是有人可能会问我，为什么我要坚持把那些省长和警长的事捣碎了似的，近乎复印般写了一遍又一遍？预料到会有的批评，我就把话说在前面——本书开篇引自皮兰德娄《老人与青年》的话足以解释一切。

由于确切地指明了故事发生的年代，所以部长、其他国家的高级官员以及革命者的姓名均为真实姓名（甚至这些人的事也是真实的）。

其他人名和事件则纯属虚构。

安德烈亚·卡米莱里

① 《普雷斯顿的啤酒商》是该作者的另一部小说，该小说是以1875—1876年发生的一个真实事件为原型进行创作的。

文书系列之一

致尊敬的蒙特路撒省长

维多利奥·帕拉夏诺阁下

维加塔，1891 年 6 月 12 日

阁下：

申请人菲利普·杰努阿尔迪，先父名贾科莫·保罗，母亲名波撒卡内·爱戴米拉，1860 年 9 月 3 日出生于维加塔（蒙特路撒省），现居住在意大利统一路 75 号，职业：木材商人，想了解申请安装一条私用的电话所必需的程序。

非常感谢阁下对申请的认真关注，向您表达我最诚挚的忠心。

菲利普·杰努阿尔迪

致尊敬的蒙特路撒省长

维多利奥·帕拉夏诺阁下

维加塔，1891 年 7 月 12 日

阁下：

申请人菲利普·杰努阿尔迪，先父名贾科莫·保罗，母亲名波撒卡内·爱戴米拉，1860 年 9 月 3 日出生于维加塔（蒙特路撒省），现居住在意大利统一路 75 号，职业：木材商人。今年 6 月 12 日，也就是正好一个月前，他冒昧地向宽宏仁爱的阁下提交了一份申请，请求告知要取得政府授权安装一条私人用途的电话所必不可少的手续。

当然，由于惯常的信件误送，申请人没有收到由您公正领导的办公室发来的回复，申请人出于确实的需要再次谦卑地重新申请。

非常感谢阁下对本人申请的认真关注，同时对于给您至高的职务所造成的打扰深表歉意，向您表达我最诚挚的忠心。

菲利普·杰努阿尔迪

致尊敬的蒙特路撒省长

维多利奥·帕拉夏诺阁下

维加塔，1891 年 8 月 12 日

无比尊敬的阁下！

申请人菲利普·杰努阿尔迪，先父名贾科莫·保罗，先母名波撒卡内·爱戴米拉，1860 年 9 月 3 日出生于维加塔（蒙特路撒省），现居住在加富尔路 20 号，职业：木材商人。今年 6 月 12 日，也就是正好两个月前，他万分冒昧地向无比宽宏、善解人意、慈父般仁爱的阁下提交了一份申请书，请求获知要取得政府授权安装一条私人用途的电话需要哪些条件（证件、公证书、证明、证据、宣誓证明书）。

当然，由于经常性的信件误投，不过，申请人并没有妄想将此归罪于皇家邮电行政机关，申请人没有收到回复，因而不得不带着万分的遗憾于今年 7 月 12 日再次打扰阁下。

第二次也没有收到所期盼的回复。

当然，阁下不值得对此金口不开，申请人第三次跪求，恳求阁下的金玉之言。

非常感谢阁下的认真关注，同时对于给您至高的职务所造成的打扰深表歉意，向阁下表达我最诚挚的忠心。

菲利普·杰努阿尔迪

又及：正如阁下从我的这封信和前两封信的比较中可以推断出，在等待申请的过程中，我的母亲已被上帝召唤，因此申请人搬入了她空置的公寓中，地址是加富尔路 20 号。

致尊敬的会计

罗萨里奥·拉菲乐里塔

巴勒莫市

但丁广场 42 号

维加塔，1891 年 8 月 30 日

亲爱的萨萨：

就在昨天晚上，我们在俱乐部的时候，堂罗罗·隆吉塔诺公开地谈论你（甚至说了你的坏话）。堂卡罗杰罗坚持说，你在与他兄弟尼诺赌博输掉了两千里拉之后，就失踪了。堂罗罗表示，众所周知，赌债是要在二十四小时之内付清的，但是你超过了时限，到昨天晚上八点为止，赌债已经变成了两千五百七十二里拉。我非常了解勋爵卡罗杰罗·隆吉塔诺，惹火了他可没好果子吃（昨天晚上他怒气冲天），所以我以我们老朋友的名义，擅自介入进行调解。我知道我这样做是在冒很大风险，堂罗罗是个危险的出尔反尔的人物，跟他可不是闹着玩的。但是我们的友情更坚固。我非常礼貌但又很坚决地提醒他，你是一个被公认的非常守信的人。不顾他的回答（我就不转述了，省得让你伤心），我又补充说，你得了严重的肺病，两个月来你一直在那不勒斯一家医院住院。此时堂罗罗向我打探医院的地址，但是我设法避开了这个问题。回到家，我不得不换下被汗湿的衬衫，喝了三杯法国白兰地压惊：与勋爵交锋等于自杀。但是我相信，堂罗罗会再次寻找你的地址：他想让你把吞掉他兄弟的两千里拉吐出来。我希望我能坚定信心，继续向他隐瞒你的真实地址，因为你愿意告诉我你的地址，这就是我们钢铁般的友谊的象征。

写这封信时，我想让你帮个小忙，当然，考虑到我为你做的事，想必你是不会拒绝我的。我给那个戴绿帽子的省长帕拉夏诺写了三封信，你问问你哥哥贾科莫，或者在蒙特路撒省政府工作的那个叫什么来着的职员，让他们帮着催催他回复我的信。

在最后一封信里，我几乎都要舔这个那不勒斯草包的屁股了。我只是想了解电话授权的信息，又不是想和他妹妹上床。

你要设法找份活儿干。

你的

皮波·杰努阿尔迪

致会计

罗萨里奥·拉菲乐里塔

巴勒莫市

但丁广场42号

维加塔，1891年9月20日

亲爱的萨萨弟弟：

可以问一下，你想给我下什么套啊？你想整个毁了我？你知道我为了养活咱父母和按月替你还债所做出的牺牲吗？这就是你给我的报答？你是不是一直都没长脑子啊，一直都这么混？

收到你的信，我就求帕里内罗勋爵帮忙，他是省长的办公室主任，让他给你那值得一交的朋友菲利普·杰努阿尔迪催办手续。帕里内罗勋爵很客气地答应了。好了，第二天早上，他把我叫到他的书房，让我把门关上，还告诉我，杰努阿尔迪的事情握在他上司手里，因为事情并没那么简单。勋爵还想告诉我的是，他的上司怒不可遏，建议我离这个可能产生危险后果的麻烦远一点儿。

此事非常可疑，你也赶紧脱身。以后别再跟我提起菲利普·杰努阿尔迪。

过个四五天我给你寄张三百里拉的汇票。拥抱你。

你的哥哥

贾科莫

亲爱的皮波：

这就是贾科莫给我回的信。你所得到的就是我哥哥对我的一顿训斥。你不管做什么事，都是有害无益。有了那个马达驱动的四轮车你还不够吗？爱迪生留声机也不够？现在你又想要电话？还是适可而止吧！

我已经搬家三天，不住在但丁广场了，但是新地址我也就不告诉你了，省得你在隆吉塔诺勋爵面前觉得尴尬。

永别了，绿帽子。

萨萨

尊敬的勋爵

卡罗杰罗·隆吉塔诺

维加塔市

罗雷托胡同 12 号

费拉[1]，1891 年 10 月 1 日

尊敬的勋爵：

您多次向我表示您的慈爱，用您的行动和语言让我从每天向您伟大的心灵求助的众多请求者中区别出来，给我带来了无上光荣。请您丝毫不要怀疑您的这种敬意在我眼中是多么地给人鼓舞和安慰。

前几天晚上，在维加塔的俱乐部，您把我叫到一边，告诉我您收到消息说萨萨·拉菲乐里塔在那不勒斯一家医院治疗肺

① 作者虚构的西西里城市名，原型为西西里城市杰拉。

病。如果您还记得，我当时是立刻否认了这个消息的：在医院治病是萨萨·拉菲乐里塔故意散布的用来躲债的借口。借那个机会我告诉了您拉菲乐里塔的真正地址，也就是巴勒莫市但丁广场42号。在那一刻，我想起了我已故的母亲时常对我重复的一句拉丁语："柏拉图是我的朋友，但真理是我更好的朋友。"

由于工作原因，我这几天在费拉市。我偶然遇到一个我和萨萨的朋友，他告诉我，拉菲乐里塔正在搬家，要么就是已经搬家了。因此我赶紧给您写信。如果您想派人去巴勒莫劝萨萨把欠您兄弟尼诺的债还了，那您就要抓紧时间了。

我们的朋友也不知道拉菲乐里塔的新地址。

我愿忠实于您，随时听候您差遣。

菲利普·杰努阿尔迪

又及：我还要在费拉逗留到周末，然后返回维加塔。原谅我，我冒昧地求您帮个忙。从今年6月中旬我就开始写信给蒙特路撒的省长，想了解电话授权的必要手续。

您人脉广，能不能帮我催一下？我从一个朋友那儿得知，好像是说尊敬的省长无缘无故怀疑我的请求。您非常了解我，您能不能给省政府的官员们解释一下，我只是一名木材商人，想申请一条仅作私用的电话？

感谢您的支持，我相信您一定能办到。您最忠实的

菲利普·杰努阿尔迪

蒙特路撒皇家省政府

办公室主任

致菲利普·杰努阿尔迪先生

维加塔

加富尔路 20 号

蒙特路撒，1891 年 10 月 7 日

我们认为没有必要回复您在今年 6 月 12 日、7 月 12 日和 8 月 12 日发来的三封信，因为很显然您犯了一个明显的错误。

实际上，皇家省政府不是咨询中心，更重要的是，本省政府与皇家邮电管理局没有任何工作上的关系，而您本应向他们咨询。

借此机会，向您明确指出，省长阁下姓马拉夏诺，而不是您一直固执地称呼的帕拉夏诺。

省长阁下的办公室主任

（勋爵克拉多·帕里内罗）

（私人保密信件）

致高级军官

阿里戈·蒙特利奇

蒙特路撒皇家警长

蒙特路撒，1891 年 10 月 10 日

尊敬的同事和朋友！

昨天，夕阳西下之时，尊敬的阁下您隆重地接待了蒙特路撒的新主教格雷戈利奥·拉卡尼纳大人。在此过程中，我受到上天的启示，有了勇气向您简明扼要地提一下最近几个月来一直让我备受折磨的事情，一方面是家庭的原因，另一方面跟高官职有关。我敬爱的祖国委任我在这个远离权力中心却仍充满邪恶的省份担任意大利的国家代表，请允许我说，这让我很痛苦。

关于我的家庭悲剧，如果您不是贝尔加莫人，而是像我

一样的那不勒斯人的话，我就可以给您写五个数字（59、17、66、37、89）来讲述，您对发生的事儿将立刻一目了然。我的第二任妻子（艾莱特里娅是我的发妻，十年前她死于霍乱）名叫阿格斯蒂娜，比我年轻很多，结婚后很快她就对我不忠（59），背着我跟了一个假冒的朋友（17），令人发指地背叛了我（66）。由于我要从萨莱诺省调到蒙特路撒省，她执意移情别恋，为了不离开她的情夫，她私奔了（37），不知所踪（89）。

这苦涩的变故让我难以正常地生活和工作，而只有我信任的几个人了解其中缘故。情况确实如此。

我不堪重负，在我到任蒙特路撒省政府之后，我为办公室里的各种传闻、花招、阴谋、谎言、猜疑和诡计所苦，所有这一切只是越来越深地伤害着我。

另外，我还需要考虑西西里岛（尤其是这个可怕的省份）的政治局势，整个就跟被厚厚的可怕的乌云覆盖的天空一样，是即将到来的暴风雨的前兆。

正如您所知，疯狂骚动的巴枯宁主义者、马隆主义者、激进分子、无政府主义者和社会主义者毫无阻挡地穿行在这个国家，到处大量散播反叛与仇恨的邪恶种子。

机警勤劳的农民会怎么做?

当他在装满了美味水果的篮子里发现一个烂苹果，为了不让病菌蔓延而感染其他水果，他会毫不犹豫地把它扔掉。

与此相反，有些身居高位的人则认为不应该采取其他人坚持的镇压措施。但同时，当人们谈论他们的时候，邪恶的种子就开始生根，长出牢固但却看不见的根。

事实上，他们非常善于混在人民中间来掩盖他们的卑鄙用心。

以我为例，您看一下我给您抄写的菲利普·杰努阿尔迪的这三封信。

这三封信让我夜不能寐。何等的恶毒！多么无情的嘲弄！

我自问，我姓马拉夏诺，而他为什么要喊我帕拉夏诺？

我思索了很久，我承认，有时候甚至停下了我的本职工作，最后终于有了头绪。

这个肮脏的人把我姓氏的声母“m”换成了“p”，实际上暗藏奸诈。确实如此，因为在我们的方言中，“帕拉夏诺”（或者有时候是“帕帕拉夏诺”）指的是笨蛋。想必您也知道，人们会给那些被认为是年老乏味的人起外号。

但是，如果到此为止，那么也就算了。

但是杰努阿尔迪，他撒旦般的恶毒，并不满足于含沙射影，他进行的是残忍的伤害。

在那不勒斯黑社会使用的最下流的黑话中，“帕拉夏诺”（或者“帕帕拉夏诺”）指的是如野兽般的男性生殖器。

总之，这个肮脏的家伙，看似无辜地换了一个声母，其实是要喊我“巨大的 ×× 脑袋”！

还有：他为什么一封信接着一封信地强调他对我的卑躬屈膝？

他有什么目的？他想把我拉入什么样的陷阱？

我在此恳求您的鼎力相助。您是否可以让您在维加塔的下属调查一下这个杰努阿尔迪的政治倾向？

我这边也会让宪兵去做同样的调查。

非常感激，向您奉上真挚的友谊。您最忠实的

维多利奥·马拉夏诺

又及：您大智敏锐，肯定已经注意到我刻意不想用带有皇家省政府抬头的信纸。所以，如果您要给我回信，请您也使用同样的方法。

（私人保密信件）

尊敬的勋爵

克拉多·帕里内罗

蒙特路撒

卡布其尼大街 23 号

蒙特路撒，1891 年 10 月 15 日

最为尊敬的勋爵：

我的无可替代的前任，已故的高级军官埃马努埃莱·菲利贝托·巴贝里-斯夸罗地，在将蒙特路撒皇家警察局移交给我的时候，私下里夸赞您完全值得信赖，并且时刻准备着为了至高无上的国家利益而与我们警局真诚合作。

幸运的是，直到昨天，我都没有任何需要向您求助，没有滥用您的慷慨。但是现在我必须向您求助一个非常棘手的问题，在这个问题上我需要您英明的建议，如果有必要，我们保

持行动一致。

我收到您的上司、蒙特路撒省长维多利奥·马拉夏诺的一封私人保密信件，他随信附上了维加塔的菲利普·杰努阿尔迪写给他的三封信。

在这三封信中，省长阁下察觉到嘲弄、侮辱和潜在的威胁。

坦率地说，诚心诚意地说，我在这几封信中并没有发现这些问题。

不过，省长阁下信中的语气让我有些震惊，因为它让人隐约瞥见他的心态，怎么说呢？很激动，极易捕风捉影。

您知道，在如此微妙的政治时期，一位权威人士不能端正心态，不能完全控制自己及自己的行为，这可能会造成严重的失误，是事态发展失控的预兆。

因此，您有义务和责任跟我谈谈。

为了谨慎起见，我把信寄到您的家里了。

请您尽快来找我。

顺致最崇高的敬意。

阿里戈·蒙特利奇

维加塔公共安全特派处

致蒙特路撒的警长先生

蒙特路撒，1891 年 10 月 18 日

主题：菲利普 · 杰努阿尔迪

菲利普 · 杰努阿尔迪（又称皮波），他已故的父亲名叫贾科莫 · 保罗，已故的母亲名叫波撒卡内 · 爱戴米拉；1860 年 9 月 3 日出生于维加塔，现居住在加富尔路 20 号他母亲的房子里。

他曾长期无所事事，靠他寡居的母亲维持生活，目前做木材生意三年。

他与埃马努埃莱 · 斯奇里洛（又称堂内内）的独生女嘎埃塔妮娜 · 斯奇里洛（又称塔妮内）结婚五年。堂内内，硫黄商人，是位于卡尔塔尼塞塔省的塔利亚科佐矿的矿主和位于维加塔新火车站路的硫黄提炼厂的厂主。

埃马努埃莱 · 斯奇里洛是维加塔公认的最富裕的人。他的

前妻亡故，六年前与费拉一名硫黄商人三十岁的女儿卡罗婕拉·罗勒（又称莉莉娜）结婚。年迈的斯奇里洛（62岁）和年轻的罗勒之间的结合在当地引起了流言蜚语，但是年轻夫人无可指责的举止让议论很快平息了下去。埃马努埃莱·斯奇里洛强烈反对独生女嫁给一个像杰努阿尔迪这样身无分文的人；但一切都是徒劳的，在女儿失去理智的固执面前（甚至要跳海自杀），他只好屈服。靠妻子的嫁妆，杰努阿尔迪开始过上奢侈的生活，还开了一间木材仓库。斯奇里洛和女婿之间的关系只保持在分内的来往范围内。但是，杰努阿尔迪夫人经常因为丈夫生意上的钱财波动不得不向父亲求情。

换句话说，如果杰努阿尔迪没有岳父做靠山，早就彻底破产了。

在刚结婚的那些日子里，这个杰努阿尔迪也没有减少他那些持续时间长短不一的通奸关系。

此外，已经获悉，在新婚之夜，杰努阿尔迪与新娘待了几个小时候之后，就乘马车前往蒙特路撒的杰莉亚宾馆，与一名杂要舞女交欢到早上。

不过需要指出的是，杰努阿尔迪至少两年多在这方面似乎浪子回头，行为检点，不再结交女人，不再有短期的婚外情。他妻子对他出轨的事情一直不知情；另外，她跟她父亲的第二任妻子关系很好，她们俩几乎同龄。

杰努阿尔迪还疏远了和会计罗萨里奥·拉菲乐里塔（又称萨萨）之间的朋友关系，他们曾经亲密地称兄道弟。萨萨放荡成性，是一个有声望的家族的害群之马。他的哥哥贾科莫（由于有轻微的口吃，人送外号磕巴）就职于蒙特路撒皇家省政府，是名很有才华的职员。

杰努阿尔迪的岳父，也许是不相信女婿诚心改过，所以在杰努阿尔迪的仓库安排了一个他的老心腹，这个卡罗杰罗·亚科诺（又称糊涂虫卡鲁泽）会向他报告一切。

案件档案馆里没有查询到任何关于杰努阿尔迪的记录，因此他没有犯罪记录。

值得注意的是，今年3月5日，在茵菲凯纳区，杰努阿尔迪打了牧羊人罗可可·安塞莫（由于他办事磨蹭，人送外号铅蹶“瑟瑟”，即灌铅脚），造成他的左臂骨折，丢失了两只山羊。但是埃马努埃莱·斯奇里洛先生迅速地给了他一笔丰厚的赔偿金，说服了他没有上诉。

杰努阿尔迪驾驶的潘哈德和勒瓦索尔牌的马达驱动四轮车是他在巴黎花了很大价钱买的，独一无二的车型。还是在巴黎，1889年世界博览会之际，他和妻子去那儿的时候买了一个爱迪生留声机和一个蜡筒，只要将一个外接的橡皮管塞在耳内，就可以听音乐了。

我说这些不是为了无聊的八卦，而是为了说明杰努阿尔迪的行为经常有些古怪。

杰努阿尔迪没有什么政治观点。他一直按照他岳父的指示去投票选举，他岳父是那个发号施令的人。他从来没有在公共场合发表过任何意见。

特此证明。

维加塔公共安全特派员

（安东尼奥·多刺扎手）

谈话系列之一

1. 贾科莫·拉菲乐里塔和皮波的对话

“您为什么把我带这儿来，啊，拉菲乐里塔先生？”

“这是省政府的旧档案室，没人会来，也就没有人会看见我们。我不想跟您有任何关系。也许是我弟弟萨萨没有解释清楚，杰努阿尔迪先生？”

“您弟弟已经说得很清楚了，甚至是太清楚了。”

“那您为什么来省政府骚扰我？我是有头有脸的人，您知道吗？”

“那您能告诉我，你们省政府的人他妈的干吗都针对我？我干什么了，我把尿撒在小便池外面啦？”

“您来问我？您做的事您自己心里明白！您知道我不喜欢听到那些粗俗的脏话！”

“我做什么了？我什么都没做！我只不过是给省长写了三封信，问他一点儿信息，这就让他不爽了。”

“我不相信事情仅仅如此。我觉得帕里内罗勋爵非常担心。”

“让他和您的省长阁下都 ×× 去吧！”

“听着，我已经说过，脏话……”

“好吧，我道歉。我说明一下我的来意。我来这儿不是为了我，贾科莫先生。我来这儿是为了您的弟弟萨萨。”

“麻烦您别再管萨萨的事儿。”

“我做不到！我要是能做到就好了！这是朋友的义务！”

“听着……”

“不，现在够了，您听我说。我必须通知萨萨，有人在找他，要扒了他的皮。”

“为什么？”

“现在您还给我装不知道？您不知道您弟弟萨萨骗了半个世界？您不知道他欠整个西西里岛的钱？”

“我知道。但是他正在慢慢还债。只要他们耐心点儿，他们迟早会拿到钱的。”

“您让我笑得肝儿疼！那么您是不知道您兄弟萨萨到处骗钱，不长眼睛地随随便便就骗了堂罗罗勋爵的兄弟尼诺·隆吉塔诺两千里拉？”

“噢，天哪！噢，妈的！”

“您干什么呢，骂人？您现在说脏话了？”

“这个没脑子的萨萨真的骗了堂罗罗·隆吉塔诺的兄弟两

千里拉？我就不明白，这个该死的弟弟，他怎么就专往火坑里跳？”

“还能怎么办呢？他确实这么干了。现在您也清楚地知道，隆吉塔诺勋爵可不是一个闹着玩的人，他想让他的兄弟尼诺受到尊重。我有萨萨在巴勒莫的旧地址，就是但丁广场那个地址，新地址他还没来得及告诉我，如果我等他给我写信，就为时已晚。”

“噢，圣母玛利亚！什么事就为时已晚？”

“我理解得没错儿的那件事。隆吉塔诺勋爵不仅想扒了萨萨的皮，还想来个一了百了。亲爱的贾科莫·拉菲乐里塔先生，现在就看您有没有把您弟弟的命放在心上了。”

“好吧，我今天就给他写信。”

“您干什么？”

“我给他写信啊。”

“可是您脑子哪儿去了？您就拿起笔写吧！首先，不知道这封信什么时候能寄到，对吗？从维加塔到巴勒莫差不多要一个礼拜。太晚了。然后东窗事发，宪兵们来勘查现场，发现了您那封美妙的通风报信的信。这时候，您在省政府的职位就不保了。而您告诉我萨萨他妈的待在哪儿，我立马就坐火车去找他。拉菲乐里塔先生，您看，我为了救萨萨把自己的生命都置于危险之中。请您相信我。”

“好吧。我弟弟罗萨里奥还在巴勒莫，住在杜科里大道，15号，波尔多内家里。”

“至于费这么半天劲吗？他妈的这个迷宫似的鬼地方该从哪儿出去？”

2. 警长和帕里内罗勋爵的对话

“非常感谢您，亲爱的帕里内罗勋爵，这么快就接受了我的邀请。”

“这是我应尽的义务，警长先生。”

“话不多说，我立刻切入正题。不瞒您说，马拉夏诺省长阁下给我寄来的信让我感到十分震惊。您自己看一下吧。”

“我已经看过了。省长先生屈尊让我看他写的所有东西，包括他的诗。”

“天哪，他写诗？”

“是的，先生。写给他可怜的亡妻。”

“第一任。”

“对不起，什么第一任？”

“第一任妻子，不是吗？去世的那位。第二任妻子背着他跟人私奔了。”

“警长先生，请原谅我，我没明白。据我所知，省长阁下只结过一次婚，之后就一直鳏居。”

“但他信里是这么给我写的！您到底读没读过这该死的信？”

“您等一下。不，这封信他没给我看过。很显然他写了一封，而又寄了另一封。”

“我们整理一下头绪好吗？依您看，这移情别恋的第二任妻子的事纯属捏造？”

“我认为是的。至少他是一直给我说他在鳏居，如此而已。”

“听着，我们不要纠结这件事了。我让人查一下，我们就清楚了。然而虚构的妻子背叛他的这一幻想只能是火上浇油。”

“确实。”

“他在办公室表现怎么样？”

“我该怎么跟您说呢？他安静个两三天，然后，突然就反应剧烈了。”

“什么？”

“爆发了。他开始只说数字。好多次他连话都不跟我说，直接用那不勒斯解梦里的数字来表达。”

“您的意思是，他用脸部表情跟您交流？①”

① 原文“那不勒斯占卜术”与“鬼脸”发音相同，所以警长没有理解对。

“不是，警长先生，我指的是那些那不勒斯人用来占卜的数字。为了搞明白这个，德·克里斯塔里尼斯骑士的一本非常珍贵的书给了我很大帮助，这本书是二十多年前在那不勒斯印刷的，就是一部讲希伯来神秘占卜术的书。”

“噢，我的上帝！那么，那些去办事的人，那些去跟省长谈话的人，都要凭直觉猜测？”

“尽管我非常注意防患于未然，但很不幸有些人还是遇到了这种情况。当我发现哪天他行为不对头的时候，我就找借口推掉他的工作。但我没办法总是这么做。例如我就没能阻止他跟但丁·李维奥·布谢将军，还有我们法院的院长、高级军官皮皮亚谈话。”

“所以这两位先生他们肯定已经明白……您说是不是？”

“不，您看，关于皮皮亚院长没什么可担心的。您看，院长与马拉夏诺省长阁下见面的时候是下午四点钟。”

“这意思是？”

“您认识皮皮亚院长吗？”

“我见过他两次。”

“恕我冒犯，在几点钟见的面？”

“您让我想一下。两次都是在上午。但是时间有什么重要的？！”

"很重要。皮皮亚院长就餐时，酒坛子会让他分心。您明白了吗？"

"一点儿都没明白。"

"院长喝得很多。就像他的部下说的，酩酊大醉。"

"多亏判案都是在上午进行的。"

"也不全是在上午。去年，有一次刚吃过午饭他就接了一个案子，一个人偷了三个土豆，也就三个，他就要判此人入狱三百年。是土豆数量的一百倍。"

"最终怎么样了？"

"哄堂大笑啊，警长先生。所有人，包括检察官和律师，都装作院长在开玩笑。"

"所以也就剩下布谢将军了。"

"您认识他吗？"

"去年军队检阅之际别人介绍过。我跟他聊了两句。"

"恕我冒犯，这是不可能的事。可能是您在说，将军只会嘟囔。将军不说话，他只嘟囔，就像这里人所说的，喃喃自语。您知道他为什么这样？"

"完全不知道。"

"因为他完全聋了。为了逃避，他从不答话。将军问省长阁下：'省里的情况怎么样？'省长正好赶上那日子来了，回答说‘43’，意思是说局势紧张。将军应该是听成‘一切平安’或者类似的意思，他满意地翘起了胡子。”

“勋爵，这该怎么办呢？”

“很不幸我只能摊开双臂表示无能为力。”

“我连双臂都摊不开了，我彻底泄气了。我们这样吧：我们考虑几天然后再做决定。但您一定保证，我们要保持密切联系。”

“愿为您效劳，警长先生。”

3. 堂内内和卡鲁泽的对话

“尊敬的堂内内阁下，您好！”

“你好，卡鲁泽。”

“尊敬的阁下，如果您正好有事，我来办公室打扰到您了，请您原谅我。”

“卡鲁泽，我现在没事。你有什么事吗？”

“是的是的。”

“啊对了！我女婿皮波最近搞什么幺蛾子了吗？”

“没有，堂皮波·杰努阿尔迪最近没有搞什么幺蛾子。但是因为阁下您要我报告您女婿堂皮波的仓库里发生的一切的一切，所以我得告诉您，他收到了一封蒙特路撒省政府的信。”

“你看到信的内容了吗？”

“是的，先生。因为堂皮波动身去了费拉，所以我就找到机会去看了信。我花了不到一个礼拜的时间。”

“信上说什么？”

“信上说，您的女婿堂菲利普不应该写信咨询省政府，而应该写信给邮电管理局。总之，他搞错了。”

“他找邮电管理局搞什么鬼？”

“申请电话的授权。”

“你确定你看准了？”

“我发誓是真的。”

“皮波申请电话干什么？这个超级败家子他想跟谁打电话？”

“信上没说。”

“需要留心，非常留心这件事。卡鲁泽，你继续盯紧了，一刻也不要离开他。有任何事，哪怕有个风吹草动也要立刻向我汇报。”

“阁下您放心。”

“卡鲁泽，拿着，茶。”

“可是怎么能让您破费呢？”

“拿着，卡鲁泽。你要保证：睁大你的眼睛。”

4. 皮波和塔妮内的对话

"塔妮内，我们聊聊。"

"先吃饭吧，皮波，然后再聊。你看，我给你做了很多好吃的，都是你爱吃的。有贪吃鬼咸鳕鱼和醋泡甘蓝。"

"塔妮内，原谅我，我什么都不想吃。我的喉咙被卡住了，我吃不下东西。"

"你怎么了？你着凉了吗？你是要感冒了吗？不要让我担心，阿波。"

"不是身体的问题，塔妮内，是精神。听着，我去睡一觉会好点儿。"

"你真的不想吃点儿了吗？"

"不想！要我唱给你听才行吗？"

"那好吧。你想给我说什么，你说吧。"

"塔妮内，我需要帮助。"

"我在这儿呢。"

"你要去给你父亲，给堂内内说说。"

“要我说什么？”

“说我们有需要。”

“呃不，阿波，我不想跟我父亲谈钱的事儿。老先生还记得，因为你一时兴起要买马达驱动四轮车，让我去跟他借钱的事儿。你知道爸爸给我钱的时候说什么吗？‘你告诉你丈夫，那个丢人现眼的无所事事的皮波，这是最后一次。’他就是这么给我说的。”

“丢人现眼？无所事事？亏得我还拼死拼活地从早到晚在那个破破烂烂的木材仓库干活。是的，破破烂烂的！如果你看见费拉的坦特拉兄弟的仓库，那才叫仓库！三名职员，还有五名售货员！木材都是来自加拿大，来自瑞典的！而我则不得不满足于马多涅山[①]产的几张桌子和一个像糊涂虫卡鲁泽一样的蠢蛋伙计！我觉得快憋死了！我必须壮大！我必须拓展生意！就为了这个，你必须和你父亲谈谈！”

“回到问题上来！不，我不会去说的！你知道他会怎么回复我吗？‘如果皮波需要钱，就把马达驱动四轮车卖了。别的混蛋看上了就会买。’”

“你和你爸都疯了吗？四轮车是身份的象征，它给我带来

① 马多涅山脉位于意大利的西西里岛。

了威望！你知道我开着四轮车到费拉的时候发生什么事了吗？人声鼎沸啊！跟木偶剧院一样热闹！所有人都来跟我攀谈！甚至坦特拉兄弟都目瞪口呆地从仓库出来了！如果我现在去卖掉它，他们就会说我要破产了，说我经济窘迫。”

“但是钱，你不能跟银行借吗？”

“我已经借过了，但是现在要还回去了。我们不说了，塔妮内。我去躺着了，希望能睡着。你干什么呢，来吗？”

“我得收拾桌子，然后洗洗碗，做个祈祷，随后我就来。等我一会儿。”

……

“啊天哪啊天哪天哪天哪天哪好爽好爽啊天哪天哪还要还要还要啊天哪就这样就这样就这样对对对对我要死了要死了要死了要死了阿波继续阿波继续噢天哪噢天哪你怎么了你怎么了为什么停下来？”

“我烦了，我累了。”

“你怎么让它出来了？它出来了？不不不，求求你，阿波快进去进去，就这样就这样噢天哪噢天哪就这样还要还要噢天哪天哪……”

“婊子，那你跟你爸说？”

“好好好好我说我说告诉我你还想要婊子。”

5. 皮波和隆吉塔诺勋爵的对话

“皮波·杰努阿尔迪！我能跟您说句话吗？”

“隆吉塔诺勋爵！多么愉快又幸运的巧合啊！我正准备去找您呢。”

“我也正在找您，这样我们就打成平局了。”

“您开什么玩笑呢，勋爵！我什么时候也不能跟您打成平局，您如此尊贵，与您相比，我就是一只蚂蚁。”

“我先说还是您先说？”

“您先说，勋爵。这是应有的尊重。”

“好吧。那天晚上我们在俱乐部的时候，您好心给我提供的信息是准确的。我派了我在巴勒莫的两个朋友去了但丁广场那个地址。但是他们去晚了，没找到他，就像您在费拉给我写的那封信里说的一样，他已经搬家了。邻居们没人能告诉我的朋友，那个阴沟里的老鼠似的会计躲到哪儿了……不着急。不过我还是要谢谢您……对了，省政府给您回信了吗？”

“是的，勋爵。”

“您为什么这么笑呢？您愿意给我解释一下吗？每当有人当着我的面大笑，而我又不明白其中原因的时候，我就会感到很紧张。”

“对不起，勋爵，请您原谅。”

“我想告诉您的是，虽然我的朋友没有找到我们的会计，但并不意味着游戏就结束了。因为，您瞧，没人敢牵着我的鼻子走，也没人敢朝我吐唾沫。而我兄弟尼诺是个善良可爱的人，他的事就是我的事。我解释清楚了吗？”

“非常清楚。”

“这并不是为了萨萨·拉菲乐里塔骗我兄弟的那区区两千里拉，而是要以此为戒。您明白我说的吗？”

“当然。是为了杀鸡儆猴。”

“聪明。所以，如果您碰巧知道这个婊子养的混蛋搬到哪儿了，您有义务通知我。”

“勋爵，您这是毫无根据地伤害我。不用您提醒，我知道我的职责。您还记得刚才我笑吗？我笑是因为您没有问我为什么找您。”

“为什么？您解释一下。”

“无须多解释。会计罗萨里奥·拉菲乐里塔住在波尔多内家。巴勒莫市杜科里大道 15 号。”

“您确定？”

“没有半句假话。”

“那么您看：为了您好，我们俩今天没见过面，也没有谈过话。我一定会报答您的。”

“勋爵，请原谅我有个请求。您认识在巴勒莫邮电管理局里工作的人吗？您看，十几天前我寄了一份申请……”

文书系列之二

维加塔公共安全特派处

致蒙特路撒的警长先生

维加塔，1891 年 10 月 25 日

主题：外号

上次您要求我写一份关于维加塔的菲利普·杰努阿尔迪的调查报告，我迅速地回复了您，您责备我废话太多，并且作为指示，要求我准确描述我提到的每个名字的外号。

我一定改正，并向您保证从今往后我将听从您的吩咐。

但是我觉得有必要向您解释清楚我工作的意义。

大部分西西里人都在户籍登记处用姓氏和洗礼名登记，然而，事实上从出生开始他们叫的都是另一个名字。

例如，一个人叫菲利普·努阿拉，但从一开始，包括他父母亲戚在内的所有人都叫他尼古拉·努阿拉。这个常用的名字也可以简缩为古拉·努阿拉。

从这点来看，则并存着两个截然不同的人。一个是菲利

普·努阿拉，只存在于法律文件中；另一个古拉·努阿拉，是活生生的。

两人的共同点就是姓氏。

然而很早之前，古拉·努阿拉就有一个您所说的外号，我们这里称之为诨名，这个外号没有任何侮辱冒犯之意。假设古拉·努阿拉有一点点跛，人们发挥丰富的想象力，就会叫他“古拉瘸子”，或者“古拉高低脚”，又或者是“古拉路不平”，等等。

这时，一个不了解情况的蒙特路撒法院的传讯员就很难将需要传讯的菲利普·努阿拉与“古拉瘸子”联系起来。

据我所知，有几十人被判拒不出庭罪，但这并不是因为他们不愿意上法庭，而是法院很难甚至是无法确定他们的身份。

小学老师帕斯夸里诺·佐尔波在临死的时候（那时他九十三岁）才吃惊地得知，他在户籍登记处的名字是汉尼拔。

我的同事、公共安全特派员安东尼诺·古特拉有着引以为傲的渊博学识，我很荣幸能够与他成为朋友，有一天，他试着给我讲了这个在西西里岛非常普遍的习俗。

使用一个不同于户籍名的名字，外加一个只有在当地小范围内人们所熟知的外号（诨名），这种做法是出于完全相反的两种需求。

第一种是便于在危险的时候隐藏自己：有两个（或者三个）名字有利于变换身份，可以使目标人物的身份显得模糊；而第二种则是为了在必要情况下确认身份，避免混淆。

请原谅我的冗长叙述。

悉听吩咐。

维加塔公共安全特派员

（安东尼奥·多刺扎手）

维加塔皇家宪兵指挥部

致尊敬的蒙特路撒省长阁下

维加塔，1891年11月2日

主题：菲利普·杰努阿尔迪

应阁下要求，维加塔皇家宪兵指挥部非常荣幸地呈上下列相关材料：

菲利普·杰努阿尔迪，其亡父名贾科莫，亡母名波撒卡内·爱戴米拉，1860年9月3日出生于维加塔，现居住在加富尔路20号，职业是木材商人，无任何犯罪记录，也没有被刑事起诉过。

不过，要指出的是，杰努阿尔迪长期以来一直处在我们指挥部的密切监视中。

在多年的无法无天和放荡不羁之后，最近在公众眼中，杰努阿尔迪浪子回头，开始过起了有规律的生活，不再有丑闻和传言。

然而我们指挥部怀疑，这种悔改只是表面现象，是用来掩盖他的地下阴谋的。

事实上，杰努阿尔迪是一个野心勃勃的人，为了达到目的可以不择手段。另外，他非常喜欢炫耀。最可以证明这一点的就是，他到法国购买了一辆非常昂贵的马达驱动四轮车，这辆车的制造商潘哈德——勒瓦索尔公司将这辆车命名为法厄同[①]。这款四轮车的功率是两马力，有皮带传送装置，乙炔车灯。马达靠汽油发动，时速可达30公里。

我们指挥部调查发现，这款车在整个意大利也只有三辆。

杰努阿尔迪并不满足于此，他还从法国买来了一个会说会唱的机器，法国人称之为“爱迪生留声机”。

因此，杰努阿尔迪需要很多钱来维持他的奢侈生活，但是他的木材生意肯定无法满足他。他经常向他慷慨大度的岳父求助，他岳父名叫埃马努埃莱·斯奇里洛，是名富有并受人尊敬的商人，但这也只能部分地满足他的需求。

除了上述理由之外，我们指挥部继续对此人进行监视还有更重要的原因。

事实上，调查发现，他在位于加富尔路20号的住所里与

① 法厄同为希腊神话中太阳神之子，因驾太阳车失控，造成很多灾难，最后被宙斯用闪电打死。

政治煽动分子、滋事分子见了两次面（今年1月20日和3月14日），他们分别是：西西里人罗萨里奥·加里波第·博斯科，职业为会计；卡罗·德拉瓦勒和阿勒弗雷多·卡萨提，这两个人都是米兰人，职业为工人。

本指挥部认为，因为没有得到具体命令，暂不对其进行抓捕。

特此证明。

顺致敬意。

皇家宪兵中尉指挥官

（中尉耶苏阿勒多·兰扎-图洛）

邮电部

巴勒莫——鲁杰罗赛迪莫路32号——区办公室

尊敬的菲利普·杰努阿尔迪先生

维加塔

加富尔路20号

巴勒莫，1891年11月2日

尊敬的杰努阿尔迪先生：

我亲爱的朋友奥拉齐奥·鲁索托律师向我提起您的大名，他与维加塔的卡罗杰罗·隆吉塔诺勋爵有着不亚于兄弟的关系。

因此我赶紧通知您下列事宜。

申请私用电话的政府授权的程序，也就是非商用电话的授权程序，通常十分漫长与艰难，需要一系列材料和一些初步的测量数据。

在取得必要的信息材料之后（当然这些材料必须通过确认），才能开始进一步的审核。

我将会在办公室主任所拥有的自行处理权的职权范围内，尽力缩短申请流程。

同时，您必须申请到用印有印花税戳的公文纸签发的下列文件（我提醒您，缺少其中任何一个都可能使申请失败）：

1）出生证明；

2）家庭情况；

3）无犯罪记录证明；

4）市税务局声明（或者蒙特路撒省财政管理处声明），证明您作为纳税人依法纳税；

5）当地公共安全特派处签发的良好道德文明行为证明；

6）意大利国籍证明；

7）有军区司令合法签名的注册单复印件，由此可以推断您服兵役的状况；

8）地籍证明，证明您申请安装电话的住所（或者办公场所）是您的私人房产；或者，如果房屋属于租赁的，必须出具有房主合法签名的声明，证明该住所（或仓库或办公场所）出租给您使用不低于五（5）年时间；

9）接受声明（签字必须由公证员公证），他（或她）同意在其住所（或仓库或办公场所）安装电话接收机。

本管理局提供的是阿德–贝尔电话机；该设备仅限私用，无须人工转接服务，也就是说接收机（另一方就是发射机）只能接听发射机（另一方就是接收机）的来电，因此不能与第三方电话通话。

该电话设备需要安装在一面至少 1.5 米厚、高 2.3 米的墙上，需要两节电池才能工作。一节电池用来给电话铃提供电流，另一节给连接发射器和接收器的设备供电。

在通过我们的核实之后，还有后续要求，您要向部长阁下呈送另外一些预先准备好的材料，具体哪些材料到时候我会通知您的。

一旦我们收到所需的文件，我们的勘测员将前往维加塔进行各项勘测工作。勘测员的往来差旅费和食宿费完全由您承担，而且他到时会给您开具正规收据。

请允许我完全以私人的身份，冒昧地补充一句，我相信我们的勘测员到维加塔出差过得一定不会差：他们告诉我说，你们维加塔的龙虾美味绝顶，如同天赐。

请您代我向隆吉塔诺勋爵致以热切的问候。

请您相信我，您的

巴勒莫邮电管理局

办公室主任

（伊尼亚齐奥·卡尔塔比亚诺）

（私人保密信件）

致高级军官

阿里戈·蒙特利奇

蒙特路撒皇家警长

蒙特路撒，1891 年 11 月 5 日

尊敬的同事和朋友！

我一直以绝对诚实作为生活准则，所以我不能向您隐瞒，看了您好心给我转抄的维加塔公共安全特派员发给您的信息报告之后，我感到非常疑惑与不适。

我的确认为这是一场正在实施的针对我的阴谋，由臭名昭著的菲利普·杰努阿尔迪与公共安全特派员安东尼奥·多刺扎手（从今往后我将会牢记这个名字）合谋策划的阴谋。

我很沉痛地说，如果您以您的权威信任并保护那个欺骗您的骗子，您也将被牵连进这个阴谋之中。

66-6-43！

这就是事实。

我给您随信附上一份报告，这份报告也是从维加塔发来的，是皇家宪兵指挥部的指挥官耶苏阿勒多·兰扎-图洛中尉发给我的，他是一位无比忠诚的军官，出身于为祖国献出了众多烈士和英雄的贵族家庭。

皇家宪兵呈上来的报告可以证实我的直觉是对的，也就是说，这个杰努阿尔迪就是个

没有信仰

没有祖国

没有家庭观

没有尊严

没有礼仪

没有诚信

没有手艺也没有钱财

信奉无神论和唯物论的秘密团体危险分子。

因此，要警惕他的进一步行动。

56-50-43！

维多利·马拉夏诺

蒙特路撒省长

蒙特路撒，1891 年 11 月 5 日

亲爱的帕里内罗勋爵：

我托绝对信得过的人给您捎去这张字条。今天早上，我收到了一封极其荒谬的信，在这封信中，那个人（您知道我说的是谁）竟然隐晦地对我进行威胁。

您能否查一下您曾跟我说过的那本书（我依稀记得书名是关于那不勒斯数字占卜的），跟我解释一下这两组数字的意思？

66/6/43

56/50/43

您就在此字条的下方回复即可。传送的文件越少越好。我们后天能否见个面？

非常感谢。您的

阿里戈・蒙特利奇

尊敬的警长先生：

我火速为您揭晓这些数字的含义

第一组：

66= 阴谋

6= 秘密的

43= 社会党人

第二组：

56= 战争

50= 敌人

43= 社会党人

后天听您差遣。

值得您信任的

克拉多·帕里内罗

尊敬的巴勒莫邮电局办公室主任

伊尼亚齐奥·卡尔塔比亚诺博士

巴勒莫鲁杰罗赛迪莫路32号

维加塔，1891年11月6日

尊敬的主任，我托一个到巴勒莫的朋友给您捎去我的一点儿心意，请您别见怪，只是想让您能得到和要来这里的勘测员一样的待遇。同样，希望您能来我这里品尝最新鲜的龙虾。非常感谢您的礼貌与迅速的回信，请接受我最诚挚的敬意。

我见到隆吉塔诺勋爵定会代您向他问好。

请您代我感谢鲁索托律师的热心关照，可惜我还未能有幸认识他。

您的

菲利普·杰努阿尔迪

蒙特路撒皇家省政府
省长

致尊敬的比沃纳省副省长

阿勒狄多罗·科尼亚罗骑士

蒙特路撒，1891 年 11 月 6 日

尊敬的骑士：

我了解到一个巨大且错综复杂的阴谋，该阴谋牵扯到本省的众多高官，将使祖国置于危险之中。

正如您所知，一切都源于二十几年前弗兰凯蒂和松尼诺在西西里发起的那场邪恶的社会调查，开明人士罗萨里奥·孔蒂将这场调查定义为“一场对意大利统一和独立的可怕攻击”，而巴勒莫的日报《先驱报》毫不犹豫地称其为“极其危险的行为，因为它提出了社会问题，从而挑起了内战和社会冲突”。

从那时起，这场战争和冲突就一直无情地伴随着历史伟大的前进步伐。我亲爱且令人尊敬的朋友，我们正坐在火药桶

上！我们继续回到阴谋这个话题。我得知，在我们省有社会党人的秘密团体成员，他们配有神秘的混合物和恶臭的药膏，毒害着我们勤劳的人民。他们携有微小易碎的小瓶子，已经在法瓦拉制造了一次大面积的伴有头痛、呕吐和腹泻的严重而复杂的流感。

昨天我得到消息，这群恶人中有两个老练的化学师伪装成了农民，正前往比沃纳，要在你们的“皇家农业化学试验站”散播病菌，从而引起口蹄疫暴发。

我想给您指出的是，这些病菌很容易辨认：鲜红色的，每个病菌都有 2402 条腿。因为它们有非常强大的繁殖能力，所以必须采取措施毁灭它们。

当然，您认识到危险，定会有所警惕和准备，我将支持您的所有工作。

省长

（维多利奥·马拉夏诺）

维加塔公共安全特派处

致蒙特路撒的警长先生

维加塔，1891 年 11 月 7 日

在您的来信中，随信附上了皇家宪兵中尉指挥官耶苏阿勒多·兰扎–图洛发给蒙特路撒省长阁下的报告，您问我是否知晓菲利普·杰努阿尔迪与著名政治煽动分子勾结的事实，如果知道，为什么没有适当地提醒您一下这件事。

我非常清楚地知道，政治煽动分子罗萨里奥·加里波第·博斯科、卡罗·德拉瓦勒和阿勒弗雷多·卡萨提于今年的 1 月 20 日和 3 月 14 日去了维加塔加富尔路 20 号的公寓。

您一定清楚地记得，无论是上届克里斯皮政府还是现任鲁迪尼政府，都未曾颁布命令说，对于只是发表了自己观点的政治煽动分子，见到了就要将其逮捕。他们跟其他任何公民一样，只有触犯了刑法才能受到起诉。因此，本特派处只是对这三人进行监视，并向时任警长巴贝里–斯夸罗地勋爵做了报告。

兰扎-图洛中尉所说的上述煽动分子在加富尔路20号会面的时间是绝对准确的。

但是，既然这个时间是准确的，那么显然不管是1月还是3月，菲利普·杰努阿尔迪都还未搬入加富尔路20号，而是租住在意大利统一路73号的一个公寓内。

事实上，一直到今年8月1日都是杰努阿尔迪的母亲波撒卡内·爱戴米拉居住在加富尔路20号。

老太太去世之后，她儿子绝对是缺心眼，他在母亲葬礼后的第二天就和妻子搬进了这个公寓。

在这点上，我还需要给您指出的是，位于加富尔路20号的这套房子是由两个叠加公寓组成的。

一楼现在是安东聂塔·铜绿夫人居住，她出生于卡塔尼亚，现年九十三岁；上面一层现在由菲利普·杰努阿尔迪居住。然而，安东聂塔·铜绿夫人是煽动分子罗萨里奥·加里波第·博斯科的姨妈，并且博斯科对他姨妈非常关心。

今年1月20日和3月14日他来到维加塔，就不可能不去看他姨妈。他还在当地的卡斯蒂约内糕点店给她买了奶油甜馅煎饼卷，虽然铜绿夫人已是耄耋之年，但还是胃口极佳。

我补充一下，准确地说，第二次探望的时候，德拉瓦勒和卡萨提两人并没有进入公寓，而只是在门厅等他们的同伴（从地上遗留下的一堆烟头可以推断出来）。

因此，我必须重申在我上次报告中所陈述的话：菲利普·杰努阿尔迪没有什么政治观点，更不用说跟任何派别的阴谋家接触了。

您最忠实的

维加塔公共安全特派员
（安东尼奥·多刺扎手）

我得知，目前兰扎-图洛中尉已经按照省长阁下的命令将菲利普·杰努阿尔迪逮捕入狱了。

看在上帝的分上，您干涉一下吧！

他们逮捕他的理由似乎是政治原因；如果是真的，那将是毫无根据的指控。

谈话系列之二

1. 警长和省长的对话

“我给您重复了无数次，你们的那个潘扎-布洛还是叫什么鬼东西的大错特错了！杰努阿尔迪应该被立即释放！”

“警长先生，我明确禁止您如此说一位英雄家庭的后代！”

“阁下，您看，即使在英雄中也有极品的白痴。这不是问题所在，问题是要在公共秩序被此次无理抓捕扰乱之前释放杰努阿尔迪。”

“我的职责恰恰就是维护公共秩序！只有我具有比你们更长远的眼光。我已经看到了如果放任这些恶棍毒害社会几个月之后将要发生的事情！ 12！ 72！ 49！”

“请您解释得清楚点儿。”

“12，造反！ 72，火海！ 49，谋杀！”

“省长先生，您看。当然，原则上您是对的。但是，作为国家的公仆，我们不能随心所欲，必须严格遵守规定。您同意这一点吧？”

“同意。”

“直到今天，没有任何规定要求看见煽动分子就逮捕。因此，您只按自己的意愿行事，您就是对抗国家。也就是说，您无意识间变成了一名帮助煽动分子干坏事的人。不，您别打断我。我不是您的敌人，因此我来这儿就是为了让您避免走错路。您高瞻远瞩，与您相比雄鹰都是近视眼，但此时，您的视线由于正当的愤怒而稍有模糊，这非常容易损害到……”

“谢谢。谢谢。谢谢。我把手帕放哪里了？”

“您用我的。好了，阁下，振作点儿，您别哭。”

“是您如此理解我……如此懂我……您让我清醒……谢谢，您有颗高尚的心！”

“阁下，您干什么？！”

“请让我亲吻您的手！”

“阁下，您可以慢慢来，也许明天，在您家，慢慢来做这件事。现在您需要做的是立即给维加塔下令释放杰努阿尔迪。”

“请您给我二十四小时考虑一下这件事。”

“不。您要立即去做。”

“我可以信任您吗？”

“我以名誉担保。给您我的手。噢天哪！您别亲啦，走开！您赶紧给您的办公室主任打电话，告诉他……”

“等一下。我有个绝妙的主意。您刚才给我说，罗萨里奥·加里波第·博斯科的姨妈住在加富尔路20号的那栋房子里？”

“是的。一位九十三岁的老太太。”

“好吧，亲爱的同事，您说服了我。我放了菲利普·杰努阿尔迪……”

“感谢上帝！”

“……然后我把老太太关进去。”

2. 隆吉塔诺勋爵和杰杰的对话

“吻您的手，堂罗罗！”

“你好，杰杰。”

“堂罗罗，宪兵把皮波·杰努阿尔迪抓走了。”

“可知道是为什么？”

“密谋。”

“什么？”

“密谋反对国家。”

“密谋？皮波·杰努阿尔迪？皮波·杰努阿尔迪连国家是什么都不知道！”

“可是，据说他跟加里波第同流合污。”

“和加里波第？！他死在卡普雷拉都有十年了！①”

“堂罗罗，我只是转述。”

---

① 这里是一个重名的误会，堂罗罗以为杰杰指的是领导意大利统一运动的著名爱国将领朱塞佩·加里波第（1807—1882），但杰杰是指当时的社会党人罗塞里奥·加里波第·博斯科。

“好吧，杰杰，你多留心探听，随时向我报告。卡罗杰利诺从巴勒莫回来了吗？”

“是的。刚刚回来。他按照您给的地址去了杜科里大道，但是没找到那个该死的萨萨·拉菲乐里塔。曾给萨萨提供膳宿的人说，就在卡罗杰利诺到之前的几个小时，萨萨带着全部家当跑了。卡罗杰利诺认为，有人给他通风报信了。”

“哦，卡罗杰利诺这么想的？也许他是对的。听着，明天一早，你和卡罗杰利诺来我这儿。也许我们一直没能逮住这个婊子养的萨萨·拉菲乐里塔是有原因的。”

3. 警长和帕里内罗勋爵的对话

“他想逮捕老太太，他竟然这么想！我花了整整一下午时间劝他。但是这样没有什么进展，所以必须采取行动。看着马拉夏诺省长这样的绅士事业被葬送，我的心都在流泪，但是我必须向我和您的诸位上司指出形势的严重性。因为这很危险，容易犯下不可挽回的错误。您同意我的说法吗，帕里内罗勋爵？”

“完全同意，警长先生。但是既然您问我，我的建议是再稍稍等等看。”

“噢，不行！在杰努阿尔迪的事情以及可能发生在老太太身上的事情之后，马拉夏诺就敢因为一个路人戴了红领带而逮捕他！最终结果就是我要承担风险。不行，我们必须马上采取行动。”

“警长先生，我说等等看，是因为问题肯定会由其他人来解决，我们完全不用受良心谴责。”

“您说的其他人是哪些人？”

"我纠正一下：某人将会解决这个问题。"

"谁？"

"阿勒狄多罗·科尼亚罗骑士。"

"他是谁？"

"什么？他是谁？比沃纳的副省长，您不记得了？"

"啊，对，我想起来了。他有能力解决这个问题？您确定？"

"我敢担保，警长先生。"

"您解释得清楚一点儿。"

"您看，省长阁下给我看了一封信，是他发给副省长的公文。但是他是在信发出之后才给我看的，所以我没办法阻止他。"

"他在信中说什么？"

"让副省长警惕。警告副省长说，有两个瘟疫传播者将要在农业试验站散播细菌，从而在比沃纳引起瘟疫。他甚至给副省长描述了细菌的样子。"

"那长什么样子？"

"根据省长的描述，细菌是鲜红色的，每个细菌有两千多条腿，具体数字我记不清楚了。"

"天啊！不过，很抱歉，我觉得有这种可能：这个副省长收到信件之后，出于和我们一样的顾忌，就直接将信锁到抽屉里？您觉得不会？为什么？”

“因为阿勒狄多罗·科尼亚罗从来不知道顾忌是什么意思。”

“如此甚好！如此甚好啊！”

“另外，如果他要是看到省长被敲竹杠，被无情批判，定会欢欣鼓舞的。”

“这一点，又是为什么？”

“出于某种原因，马拉夏诺省长阁下曾经给他下了非常差的鉴定评语。事实上，这就让他的前程 ××了，请原谅我的用词。”

“因此，您推断……”

“我不是推断，我有十分把握。不用几天，省长的信件副本就会送到科尼亚罗的上司、内政部部长乔万尼·尼克特拉的桌子上，并且还会加上一些适当的评论。科尼亚罗一定不会错失这个千载难逢的好机会来报仇的。”

“如果是这样的话，尽管不情愿，但我现在又觉得神清气爽了。我一直觉得精神上有负担，因为不得不谴责……”

“我会通知您事情的进展，警长先生。”

4. 茨冈雷拉医生、塔妮内和皮波的对话

“可以进来吗？夫人，我找杰努阿尔迪先生。”

“他在床上病着。您是哪位？”

“我知道他生病了。事实上就是糊涂虫卡鲁泽，也就是您丈夫的仓库助手到诊所找我的。我是茨冈雷拉医生。”

“对不起，医生，由于背光，我没有认出是您。请进，请进。”

“我们的病人在哪儿呢？”

“在卧室里躺着。请进，我给您带路。皮波，茨冈雷拉医生来了。”

“您好，医生，谢谢您能来。”

“请坐，请坐。”

“谢谢，夫人。您怎么了，杰努阿尔迪先生？”

“就在他们抓了我后来又放了我，那件倒霉事之后的第二天，我醒来的时候就发烧了。塔妮内，他们什么时候抓的我？”

“什么，什么时候？就昨天！你没长脑子啊？”

“对不起，医生，我有点儿糊涂了。”

“好的，您别担心，现在我们来量一下体温。请把体温计放在腋下。同时，请您从床上坐起来，对，就这样，请把毛衣往上拉。很好。深呼吸……再来一次……请说‘啊……啊……啊……’，现在把嘴巴张到最大，把舌头伸出来……请把体温计给我。”

“严重吗，医生？”

“夫人，您丈夫身体非常健康，他只是有点儿发烧，但我认为这很大程度上是由于他们对他所做的那些事情使他受了刺激所引起的。”

“医生，可是我这满身的小小的红色斑点是什么？请看这儿……这儿……”

“皮波，那是上火了。”

“塔妮内，谁是医生？是你还是茨冈雷拉医生？”

“杰努阿尔迪先生，在蒙特路撒的监狱里，他们把您关进牢房了吗？”

“是的，关了几个小时。那是个空牢房，没有其他犯人。”

“牢房里有草垫子吗？”

“有。因为我当时觉得腿都断了，我就躺在上面了。”

“上面一定是有跳蚤和臭虫。它们喝血的。”

“圣母啊，多脏啊！”

“这是常有的事儿，夫人，那些斑点会自行消退的。”

“那发烧该吃什么药？”

“应该能自行退烧。如果还有些焦躁不安，就喝点儿菊花茶。”

“塔妮内，你给医生准备咖啡了吗？”

“夫人，不用了，不要麻烦了。”

“这有什么麻烦的。马上就准备好了！”

“医生，听着，趁着我妻子不在我有话跟您说。从今天早上，从我发烧开始，我就无法自持。现在才早上十点，我已经做三次了。”

“你是说，你经常勃起？”

“确实是。”

“你不用担心，这是正常反应。我压低声音是不想让你妻子听到。同志，你做得非常好。很棒。可惜的是你的身份暴露了。”

“对不起，医生，您为什么用‘你’来称呼我？”

“因为同志之间都是这么称呼的。听着，我告诉你一个秘密。下周德菲力策·尤弗利达将秘密来此。你一定要见见他。我会通知你具体日期和时间。”

“医生，请您听着，我想说的是这种社会党人的事情我……”

“咖啡来了！”

“夫人，您真客气！”

5. 塔妮内、堂内内和皮波的对话

“爸爸！爸爸！天啊，太惊喜了！”

“塔妮内，你怎么样？”

“现在好多了，爸爸。快请进。皮波，爸爸来看你了！”

“堂内内！真高兴！真荣幸！您头一次大驾光临，让寒舍蓬荜生辉啊！”

“皮波，你怎么了？我路过仓库，卡鲁泽告诉我你不舒服。怎么了？”

“没什么，有点儿发烧。医生刚刚离开。他说我是受了惊吓。”

“我们所有人都跟着受了惊吓。我是来向你道歉的。”

“您？向我？为什么？”

“当他们告诉我，宪兵把你铐走了，我立刻就认为你肯定是捅了大娄子。我曾认为你有这干坏事的倾向。可是你什么都没干，所以我为我这不好的想法向你道歉。”

“是谁告诉您的？我简直跟耶稣一样清白。”

“多刺扎手特派员，他是个好人。他告诉我，宪兵中尉搞混了。他把你当成另一个人逮捕了。你怎么了，哭了？”

“皮波，你不要这个样子，讲真的，你怎么能当着我的面哭！”

“塔妮内，爸爸，我是哭了！我哭，是因为您，爸爸，您无法明白清白和待在监狱里都意味着什么！”

“行了，皮波，不要这个样子。上帝都让事情过去了。”

“您说得对，爸爸。事情已经过去了。可以允许我叫您爸爸吗？”

“当然，我的孩子。塔妮内，等皮波身体好了，你们到我家吃饭去。”

“爸爸，莉莉娜现在怎么样？”

“塔妮内，我该怎么给你说呢？这几天她感觉不太舒服。本来她明天要去费拉，离开她父母一个多礼拜她就受不了了。但是她告诉我行程推迟了。”

“皮波，好像你本来明天也要去费拉，是吗？”

“是的，塔妮内，我给你说过，我本来跟坦特拉兄弟约好了要谈一批木材生意。再等等吧！”

“嗯，是啊。你好起来了就到我家去吧。莉莉娜会很高兴的。她总是待在家，也见不着别人。”

“我一好起来我们就去。”

“塔妮内，送我到门口吧？”

……

“塔妮内，爸爸走了吗？”

“是的，皮波。”

“塔妮内，你在哪儿？”

“皮波，我在厨房。”

“你在那儿干吗，塔妮内？”

“我在准备做饭，皮波。”

“过来，塔妮内。”

“我来了，皮波。噢圣母玛利亚，你怎么光着身子？快盖上被单，你还在发烧呢，皮波。”

“是的，塔妮内，我是发烧。你躺下，我忍不住了。”

“噢，圣母啊，你吃什么了？从天刚亮你就开始捣酱缸……爽……爽……爽……就这样……就这样……”

6. 隆吉塔诺勋爵、杰杰和卡罗杰利诺对话

“吻您的手，堂罗罗！”

“你好，杰杰。”

“尊敬的堂罗罗阁下，您好！”

“你好，卡罗杰利诺。”

“堂罗罗，街头巷尾都知道为啥皮波·杰努阿尔迪被抓进去半天之后又被放了出来。”

“为什么？”

“听说是因为重同重名的误会。”

“你在说鸟语吗？”

“堂罗罗，请允许我来给您解释。杰杰朋友的意思是，他们逮捕皮波·杰努阿尔迪是因为同名同姓的误会，也就是说两个人的名字一模一样，他们弄混了。”

“这就是我说的呀，堂罗罗，难道我说的不是同一个事儿吗？”

“所以，这个杰努阿尔迪先生，他们先把他抓了，然后，

一眨眼的工夫，就说错了，十分对不起，再见，就这样。我对此感到并不十分满意。”

“我也不满意，堂罗罗。当时，图里德鲁索·卡乐西莫也是因为同名的误会被抓，被关了七个月才放出来。”

“你说得对，卡罗杰利诺。但是先给我说说巴勒莫那边事情进展得怎么样了？”

“我该怎么跟您说呢，堂罗罗？我跟上次去但丁广场一样。当我到了杜科里大道那栋房子，他已经在二十四小时前搬走了，并且没人能告诉我他搬哪儿去了。我觉得他们正在跟我们玩猫和老鼠的游戏。”

“你又说对了，卡罗杰利诺。你看啊，我认为，猫有两只：萨萨和皮波，皮波总是给我提供过时的消息。简而言之，皮波告诉我萨萨在哪儿，但同时通知萨萨逃跑。等你去了，连个屁都找不到。”

“那我给这个皮波像剖鱼一样来个开肠破肚。”

“等等，卡罗杰利诺，不要操之过急。我现在明白了，皮波这样做不是为了救萨萨，而是为了整我。”

“堂罗罗，我不明白。”

“我明白了，卡罗杰利诺。菲利普·杰努阿尔迪应该是个无赖，他当了宪兵的密探。”

“但就是宪兵把他抓进去的啊！”

“杰杰，不得不说你确实很聪明！宪兵抓他就是为了让所有人知道宪兵把他抓了。但实际上这是假象，他们在演戏。事实就是，宪兵想面对面地、不受任何干扰地跟他交流。就为了给我设一个圈套、一个陷阱。”

“什么？”

“卡罗杰利诺，你第一次去巴勒莫的时候找到萨萨了吗？”

“没有。”

“第二次呢？”

“没有。”

“那么接下来，皮波·杰努阿尔迪第三次告诉我地址，你去了巴勒莫，然后……”

“我还是找不到他。”

“……找得到，卡罗杰利诺，你能找到他。你会怎么做，崩了他还是宰了他？”

“看情况，堂罗罗，看当时的情况，有没有人，距离多远……如果有必要，也许用手。”

“总之，你会做你该做的，可是，你正准备开始做的时候，突然就来了一大批宪兵把你捆住了。然后他们就都知道你是我的人了……”

“这个该死的婊子养的！我要用斧子劈了他，把他像猪一样剁成块！”

“不要急，卡罗杰利诺。你要有信心：我比这个世上的任何一个皮波·杰努阿尔迪都要聪明。这场游戏我来跟他玩，我亲自出马跟他玩。”

文书系列之三

邮电部

巴勒莫——鲁杰罗赛迪莫路 32 号——区办公室

尊敬的菲利普·杰努阿尔迪先生

维加塔

加富尔路 20 号

巴勒莫，1891 年 12 月 19 日

亲爱的朋友：

我有个好消息要告诉您。在好友奥拉齐奥·鲁索托的持续关注下，我对我的属下进行了必要的施压，以便加快办理您需要的手续。因此我们已经办好了所有需要的材料和文件。

同时，需要呈交给部长阁下的官方申请所需的那些预备手续，我也给开了绿灯。

明年的一月上旬，我将派勘测员阿格斯迪诺·普里塔诺到维加塔，他将在那里至少待一个星期，以便完成打桩工程。

正如我上次给您写的那样，勘测员普里塔诺除了日常的食

宿费用之外，还有巴勒莫到维加塔（以及返程）的路费全都由您承担。

您的这些支出，勘测员普里塔诺将会给您并且必须给您开具收据。

借此机会，祝您圣诞快乐，新年幸福！

代我向隆吉塔诺勋爵致以最诚挚的问候。

您的

邮电部

办公室主任

（伊尼亚齐奥·卡尔塔比亚诺）

又及：您慷慨送我的维加塔龙虾太美味了！我还是嫉妒勘测员普里塔诺将在维加塔待的一个星期。

皮波我心爱的宝贝儿：

你是我心之欢喜亲爱的皮波不论是黑夜还是白天我都好想你也许当天我想你一天过去了另一天又来了你想我你就会明白我每时都在想你亲爱的皮波因为我无法在每天的每时每分都使劲地抱着你感受你的唇贴在我的唇上我的皮波发生在你身上的事儿也就是你坐牢还生病的事儿害得我都发烧了我的脸上冒出了好多斑我很失望因为我对发生的事儿一无所知我整个人都在发抖在知道了你其实像耶稣一样纯洁无辜并且因为这些事儿你都发烧了之后晚上我就觉得我要疯了我觉得床都变成了火我睡不着觉这样我们就无法见面了那么皮波我的心肝我们什么时候能够再见使劲地搂在一起过上几个钟头过上几个小时的幸福时光因为我亲爱的皮波你必须知道我的生活里没有了你就像夜晚没了月亮白天没了太阳因为有些夜晚让我害怕每当他上来小性子想让我作为他老婆跟他做那些事儿他有了欲望可是因为他太老了他又做不到于是他就抓着我让我做那些我都羞愧的事儿做

那些连妓女都不做的恶心事儿总之是那些我说不出口的事儿但是每次我就把他想成是你我就能跟他做了于是一切对于我来说都变得简单了我可以给他他想要的满足皮波这就是我的生活我希望你能收到我的这张字条让它告诉你我想你我希望在我们按照老方法再次见面之前你能收到字条想想我每分钟都在如何想你亲嘴儿亲嘴儿亲嘴儿亲嘴儿亲……

尊敬的菲利普·杰努阿尔迪先生

维加塔

加富尔路 20 号

巴勒莫，1891 年 12 月 20 日

亲爱的皮波：

我们有段时间没见了。由于工作的原因，我已经在巴勒莫连续待了四个月，我觉得连圣诞节我都没办法回去和我母亲一起过了。亲爱的皮波，我写这封信的目的是想做一次调解，我马上如实地给你说这件事，因为我们之间的友谊一直都是忠诚的。

我必须告诉你，这一切全是而且只是我一个人的主意。

我们回到正题。一个偶然的机会，我遇到了我们共同的朋友萨萨·拉菲乐里塔。闲谈之中，我提到了你的名字。我觉得萨萨态度生硬，他想岔开话题，不让我继续说下去。但是

鉴于我们深厚的友谊（你还记得人们喊我们是“三个火枪手”吗？），我像公共安全特派员一样审问了可怜的萨萨。我问出了一个复杂的故事，但由于萨萨闪烁其词，经常嘟嘟囔囔说得不清楚，所以我也没太明白。

但是我知道一件事，而且我十分确定这件事：他只不过在等你点个头，哪怕稍微示意一下，他就会再次与你拥抱，重拾友谊。

萨萨·拉菲乐里塔住在巴勒莫，十字胡同5号，帕纳乐罗家。

他让我发誓决不能向你透露这个地址。而我违背誓言，是因为我觉得友谊是这个世界上最珍贵的东西，为了友谊可以牺牲一切。

你为什么不给他寄一张圣诞贺卡呢？只要有祝福和你的签名就够了：你既不会名誉受损，而且还能知道萨萨将如何反应。

拥抱你，永远不变的兄弟情谊。

安杰洛·古塔道罗

我的地址是巴勒莫，克莱门特卡坡蒂卢路87号。

维加塔皇家宪兵指挥部

致尊敬的蒙特路撒省长阁下

维加塔，1892 年 1 月 4 日

主题：菲利普·杰努阿尔迪

阁下！

尽管按照阁下您的命令，菲利普·杰努阿尔迪已经被释放了，但是我有义务向您报告本指挥部关于他的调查进展。

在刚刚过去的去年 12 月 2 日我们提交的那份报告中，我们指出，在 1891 年 1 月 20 日和 3 月 14 日，三名危险的社会党人（罗萨里奥·加里波第·博斯科、卡罗·德拉瓦勒、阿勒弗雷多·卡萨提）去了加富尔路 20 号，与菲利普·杰努阿尔迪秘密会谈，那时他的母亲就住在上述地址。

维加塔的公共安全特派员对我们的假设提出了强烈异议（我用“假设”一词是出于外交美德：实际这是明显的事实）。他认为，当事人的母亲、如今已亡故的波撒卡内·爱戴米拉夫人楼上住的是上面提到的罗萨里奥·加里波第·博斯科的姨妈，安东聂塔·铜绿夫人。

本指挥部有足够证据证明事实恰恰相反，1891年1月20日，安东聂塔·铜绿夫人不在加富尔路20号的住宅内，因为她在当月15日就因突发心绞痛住进了蒙特路撒市民医院。安东聂塔·铜绿夫人在该医院一直住到了2月上旬。

加里波第·博斯科的姨妈不在场，这是毋庸置疑的，那么那三名滋事分子又是和谁在加富尔路20号的住宅里会面的呢？

答案显而易见。

顺致崇高的敬意。

皇家宪兵中尉指挥官

（中尉耶苏阿勒多·兰扎-图洛）

尊敬的菲利普·杰努阿尔迪先生

维加塔

加富尔路20号

巴勒莫，1892年1月4日

亲爱的皮波：

去年12月27日收到你的信之后（对了，谢谢你的祝福，我也真心祝福你），12月31日早上，在乌奇利亚市场买了五只二等龙虾，我就去了杜科里大道的邮电管理局，按照你的意思，把龙虾送给了伊尼亚齐奥·卡尔塔比亚诺博士。

由于我忘了31日那天只上半天班，我去的时候办公室已经没人了，但一个看门人在收了好处之后，就把卡尔塔比亚诺博士家的地址告诉了我。

看得出来，博士很感谢送去的龙虾（那时龙虾已经开始发臭了），对于我前去叨扰也很是欢迎。他很高兴我没去办公室找他，而是去他家找他，他说因为这样他就可以和我畅所欲言，不用害怕隔墙有耳。

我尽力把他告诉我的所有事情清楚地传达给你。貌似在开始私人电话安装授权的相关手续之前，邮电管理处必须提交一份关于申请人的政治和道德品行的保密证明。根据这一要求，维加塔的公共安全特派处递交了一份报告，报告里你没有任何污点。尽管如此，卡尔塔比亚诺博士还是觉得应该给你写封信，告诉你一切进展顺利。好了，在他给你寄去信件的第二天，他就收到了一封不请自来的报告，是维加塔皇家宪兵指挥部发给他的。卡尔塔比亚诺博士逐字逐句地转述了该报告的内容，“经特别查实，杰努阿尔迪正在进行某些政治活动，出于谨慎考虑，目前需要暂停政府对其授权的手续”。

卡尔塔比亚诺博士不能对维加塔指挥部的报告完全视而不见。幸运的是，他设法让这份报告没能登记造册。一旦登记造册，报告就是官方正式接收，而目前这种情况，卡尔塔比亚诺博士完全可以说他从没有收到过这份报告。因此，手续是根据公共安全特派处的报告办理的。

但是这非常冒险，卡尔塔比亚诺博士明确地给我说，他有靠山还不够，他的靠山必须强硬才行。他的建议是，你去跟隆吉塔诺勋爵好好谈谈，让他跟他的朋友奥拉齐奥·鲁索托——

尽管目前他被关在乌查尔顿监狱，但这没什么大碍——确定一条行动路线，卡尔塔比亚诺博士将紧紧跟随此路线行动。

他等着你的口头答复。

这就是整件事的来龙去脉。不过我要问你：你能说说你他妈的到底要搞什么政治？你不觉得那是一条危险的路？虽然你就是去省政府放火，我也仍会保持与你的友谊不变，但是你也应该明白，我是一名有明确职责的国家公务人员。

因此，我求你不要让我去做一些腐败的事情或者跟一些我认为不可靠的人打交道。

拥抱你。

安杰洛·古塔道罗

你给萨萨·拉菲乐里塔发祝福明信片了吗？如果还没有，赶紧写一张吧。

蒙特路撒皇家省政府

办公室主任

致尊敬的蒙特路撒警长

蒙特路撒，1892 年 1 月 6 日

警长先生：

此事令人伤感，但我又不得不告诉您，昨天午饭后，维多利奥·马拉夏诺省长阁下从位于省政府顶层的寓所出来，想到楼下他的办公室去，可惜脚下一滑，滚下了整整两段楼梯。

由于这灾难性的一跤，现在省长阁下无法言语（他摔碎了臼齿、犬齿和门牙），无法写字（右臂骨折），无法走路（股骨骨折）。

现在省长住在蒙特路撒市民医院，我每天都去探望他。

尼克特拉部长下达紧急命令，由我代理省长一职，直到省长康复。

借此机会我告诉您，我收到一份皇家宪兵中尉指挥官兰扎-图洛寄来的关于菲利普·杰努阿尔迪的报告。请允许我随信附上。

作为代理省长，我给兰扎-图洛中尉发了一封公函，极力建议他不要再管这件事。但是我认为，他固执己见，而且他的报告中突显出来的内容极有可能引起错误的判断或恶意的假想。

您可不可以让您的属下维加塔的公共安全特派员做进一步的调查?

还是在昨天，另一份部级命令宣布卡罗·科隆波多-罗梭阁下将担任督察员，挂职省长，即刻到任：我是不是非常明确地给您讲过，比沃纳省副省长会借此机会在部里举报马拉夏诺阁下?

我值得您信任。

为了省长阁下

克拉多·帕里内罗

尊敬的埃马努埃莱·斯奇里洛先生

亲启

维加塔，1892 年 1 月 8 日

请您原谅我，我没有亲自来跟您讲，而是通过卡鲁泽给您送去这封信，因为我发现，话语（说出的话）有一个缺点就是相互交织在一起，会让人理解出说话人从未想表达过的那个意思。

您应该知道，我申请安装私用电话的政府授权有很长时间了。

现在，巴勒莫邮电管理局告诉我，手续进展顺利，尽管还有一个麻烦，但是可以忽略不计。邮电管理局要求的资料中，有一项是由我想与其连接电话的人出具的同意接入声明。

这个人就是您。

我来给您解释。我想扩大仓库的生意（这一点您的女儿塔妮内会尽快跟您说），因此我将要开展的每一项业务都离不开您的指导与帮助。

像我这样无父无母的孤儿，您对我既能体谅又能严厉，如果我不向您咨询还能向谁咨询呢？

我是想从我的仓库连接一条电话到您家，而您家已经有一条用来跟您的矿上通话的商用电话。因此，这件事情对您不会造成其他麻烦。

我可否依赖您的慷慨与仁慈？

您的签字需要由公证人公证：这事儿也可由我来做。

不管您的答复是什么，我都要感谢您让我和您的女儿在您家里度过的那个美丽的圣诞夜，也要感谢您夫人莉莉娜的礼貌与周到。圣诞午夜弥撒的钟声敲响时，因为我突然想起了我亲爱的已故双亲，就禁不住流了泪。曾经好几年，对于重新找回我年少时包围着我的那种温暖与舒适的家人的爱，我已经不抱希望。当时，我是没懂！没能认识到家人的爱的价值。

所以，那天晚上，当耶稣降生时，您仁慈的微笑、莉莉娜夫人的关怀，还有我妻子塔妮内的感动让我的感情决了堤。于是我被淹没在了回忆与遗憾的潮水里。

电话的同意接入声明您最多要在六天之内给我。

爸爸，能允许我拥抱您吗？

皮波

蒙特路撒皇家警察局
警长

致维加塔皇家宪兵指挥部

耶苏阿勒多·兰扎-图洛中尉

蒙特路撒，1892 年 1 月 13 日

蒙特路撒代理省长克拉多·帕里内罗勋爵热情主动地将您发给他的最新的那份关于维加塔商人菲利普·杰努阿尔迪的报告抄写了一份给我。

在这份报告中，您的见解与维加塔公共安全特派处发给我的报告结果截然相反。

按照帕里内罗勋爵的特别要求，以及我个人对此事可靠性的需要，我已经要求维加塔公共安全特派员安东尼奥·多刺扎手对此事做进一步的调查，同时提醒他，如果在他的报告中查出虚假的信息或者不准确的推论，他将受到严厉的处罚。

我将多刺扎手特派员发给我的、对此他负完全责任的报告，不加任何评论地抄写给您。

“莫迪拉罗·菲利切警员负责密切监视三名煽动分子（罗萨里奥·加里波第·博斯科、卡罗·德拉瓦勒、阿勒弗雷多·卡萨提）在维加塔逗留期间的一切活动。他的报告中显示，去年1月20日12时，这三人一同去了加富尔路20（二十）号的住宅。同一天，在此居住的安东聂塔·铜绿夫人，即罗萨里奥·加里波第·博斯科的姨妈，由于在蒙特路撒市民医院住院而不在家。由于加里波第·博斯科并不知情，所以他不停地敲铜绿夫人的门，但没人回应。波撒卡内·爱戴米拉夫人，即菲利普·杰努阿尔迪的母亲，她听到声音（经莫迪拉罗警员询问证实），便从她位于一层的住宅开门走出来，询问他们闹哄哄的缘由。一个高个子、胖胖的、留着大胡子、有着浓重卡塔尼亚口音、鼻子上有块疤的男人（谁都能认出来这就是加里波第·博斯科特有的体貌特征）过来答话，他告诉波撒卡内夫人他是来找安东聂塔·铜绿夫人的。波撒卡内夫人告诉他，铜绿夫人突然生病在蒙特路撒住院了，所以三个人谢过波撒卡内夫人，向她告别之后就离开了。”

您对描述如此详细的事件还有何异议？

我诚实地告诉您，我已经将您莫名其妙地迫害（除此没有别的词可以定义您的行为）像杰努阿尔迪这样一位无辜市民的行为上报了您的上司，即西西里皇家宪兵司令卡罗·阿贝托·德·圣-皮埃尔将军。

警长

蒙特利奇

谈话系列之三

1. 隆吉塔诺勋爵和皮波的对话

“隆吉塔诺勋爵！见到您是我的眼睛之幸！我觉得您神采奕奕！我圣诞节前找您，想给您送上我分内的祝福，但是他们告诉我，一直到一月初您都不在维加塔。”

“我去了蒙特路撒我兄弟家，就是我那个被您朋友萨萨·拉菲乐里塔骗了两千里拉的兄弟，我在他家过了圣诞假期。”

“勋爵，鉴于我非常高兴见到您，我必须请求您一件事。”

“亲爱的杰努阿尔迪，如果我能办到，我一定帮您。”

“首先，我要感谢您的殷切关照，在您的催促下，过去几个月奥拉齐奥·鲁索托律师对我在邮电管理局的手续做出了……”

“噢。奥拉齐奥关照过这事儿？”

“当然关照过！邮电局主任卡尔塔比亚诺先生告诉我的，另外，他还向您问好。”

“谢谢，同样向他问好。很高兴您告诉我奥拉齐奥·鲁索托关照过此事，这样正好给我了一个还人情的机会。”

“是我欠的人情，堂罗罗。”

“欠鲁索托的?！您不欠鲁索托的任何人情！我们不要搞混了。是我欠鲁索托的人情，而您是欠我的人情。对吗?”

“确实。”

“那您要我帮什么忙?”

“是这样。出现了一个麻烦，这会造成电话授权的推迟。您晓得的，由于误会，我被维加塔的宪兵抓了。”

“我晓得，我对此深表遗憾。”

“对此我毫不怀疑。现在，要申请到这该死的授权，需要有宪兵和公共安全处发放的关于我的信息报告，这些报告不能有任何一点儿负面信息。”

“宪兵这边，我们可以放心。”

“您为什么这么说，勋爵？您跟我开玩笑吗?”

“绝对不开玩笑，请您相信我。我想呢，宪兵队会为您所遭受的不白之冤给予补偿的……”

“怎么可能！相反的是，他们给卡尔塔比亚诺主任写信说，由于他们还正在调查我，现在不能进行电话授权。”

“您给我讲的这都是什么事儿啊！简直是疯子干的事！简直无法相信！宪兵竟然对您这样正直的人做出这样失职的事情！”

"勋爵……"

"怎么了？您为什么这样看着我？"

"勋爵，您让我直冒冷汗。"

"我？为什么？"

"呃！我也不晓得为什么，但是我觉得您的声音里还是有一种玩笑的语气，幸灾乐祸的语气……"

"您怎么能这么想！首先，我着凉了，有一点儿感冒，我受凉所以声音就成那样了；其次，我不会拿别人的痛苦来取乐的。撒尿要撒在尿壶里，不要乱喷，杰努阿尔迪先生！您想从我这儿得到什么？"

"请您原谅我。卡尔塔比亚诺博士通过一个朋友告诉我，现在，他设法没让宪兵指挥部的负面报告归档。"

"哦。"

"只要报告不归档，他，卡尔塔比亚诺，就可以让它消失，并且说成他从来没有收到过。"

"哦。"

"这样他就可以降低标准，只以公共安全特派处提交的正面报告作为参考开始下面的手续。"

"哦。"

"这样，问题很容易就解决了。"

“哦。”

“但是，卡尔塔比亚诺博士向我强调说，这件事对他来说可能相当危险。”

“哦。”

“因此他，卡尔塔比亚诺博士，为了这件事，他需要有一个强有力的靠山，他是这么说的。”

“哦。”

“勋爵，您怎么只说‘哦’，不给我讲点儿别的么？”

“我该给你讲什么？我都不知道我给你说话时是称呼‘你’还是称呼‘您’了。”

“您以‘你’来称呼我！您对我来说就像父亲一样！”

“要是这样，事情就变得难办了。”

“我清楚。”

“你看，奥拉齐奥·鲁索托势力很强，非常强，可以罩着半个巴勒莫，如果他愿意，卡尔塔比亚诺不在话下！但问题不在这儿。”

“那在哪儿？”

“我欠奥拉齐奥·鲁索托的情越来越多，随之，你欠的情也就越来越多。现在，你看，我欠奥拉齐奥·鲁索托的情，我可以随时连本带利地付给他，让他心满意足。问题是：你能做到这一点吗？你有这个能力吗？我想知道你怎么回答。”

“我会还您的。”

“我还能信你的话吗？因为我觉得直到现在你都……”

“我有什么对不住您的地方吗？”

“比如说，有件事你做得不够好，你本应全心全力为我做好那件事，但是你却没尽力。”

“勋爵，您真的吓到我了。我向您保证，我不想跟您疏远。请您解释得更明白些，拜托了。”

“那好吧，我给你说清楚点儿，但你可别拉裤子上。我几乎已经确定，你和萨萨·拉菲乐里塔勾结起来耍我。”

“噢，圣母玛利亚！我喘不过气来了！噢，上帝啊，这简直是晴天霹雳啊！我头晕！我崩溃了！”

“你最好不要在我面前演戏。”

“什么演戏！您刚才给我说的那些话给了我沉重的一击，打得我头破血流！我，跟萨萨勾结！对不起，但是我必须坐下来，我的腿都软了！您头脑里怎么会冒出这样一个想法！我跟萨萨勾结！我可是给了您两次那个混蛋的地址！”

“两次按照那个地址都没找到他！他都是刚刚搬走！瞧瞧，真凑巧，多奇怪啊！”

“可是，上帝啊，这对我有什么好处呢？”

“那是你的事。”

“那么您是认为，我一边把萨萨的地址给您，而另一边则通知萨萨立刻搬家？我理解得对吗？”

“你理解得对。”

“圣母玛利亚啊！我无法呼吸了！我变成了岸上的鱼！”

“你看啊，我们这样来解决这件事。你再给我弄到你朋友萨萨的新地址，我派我的人去巴勒莫找他。如果我的人找不到他，而别人告诉我的人说会计刚刚搬家的话，那你就给自己准备棺材吧！”

“萨萨的新地址我有，就在口袋里。但是，如果您允许的话，我现在先不给您。”

“命是你的，我的孩子。”

“我不给您，是因为我想先确认好。您认为我和萨萨勾结的这个想法应该清掉。在给您地址之前，我想确认这个地址是真的。”

“那我准备承认我错了。干脆，我这么做：我立刻跟奥拉齐奥·鲁索托联系。我相信你。”

“他们告诉我，现在鲁索托律师被困在乌查尔顿监狱。”

“什么意思？没关系。乌查尔顿监狱，奥拉齐奥能进去也能出来。这件事没什么大碍。因为奥拉齐奥·鲁索托有分身术。”

“我没明白。”

“分身术意思就是，奥拉齐奥可以同时出现在两个不同的地方。我们假设啊，有人说，那天晚上他在墨西拿，那么，立刻就会有一百个人发誓说，那天晚上奥拉齐奥在特拉帕尼。你明白什么意思了吗？”

2. 塔妮内和堂皮罗塔的对话

“你从什么时候开始不做忏悔了，塔妮内？”

“从我结婚开始，堂皮罗塔。”

“这么久了？为什么？”

“噢！说实话，我不晓得。很明显是结婚让我误入歧途。”

“这是啥理由！结婚是件神圣的事情！一件圣事怎么能被其他圣事引入歧途？”

“您说得有道理。那也可能是因为我丈夫不重视这件事。”

“你丈夫给你说不要来教堂？”

“不是，他什么都没讲。但是有一次我正要出门来教堂，他就笑了，跟我讲：‘过来，我给你做圣事，对你有用的。’然后他带我到了卧室。就这样，我就再也没有来教堂的念头了。”

“玷污神灵的家伙！亵渎神灵的东西！你丈夫将会下地狱受地狱之火永烧之苦！坊间所流传的你丈夫皮波的那些话是对的！”

“乡亲们说我丈夫什么了，皮罗塔神父？”

“他们说他与社会党人勾结！跟那群不信仰上帝的坏蛋勾结！”

“神父，不要相信那些瞎话！”

“我同意。但是你刚才就是这么给我讲的！……”

“那是开玩笑，神父。”

“你们履行夫妻义务吗？”

“啊……我不知道……你指的是什么？”

“你们做丈夫和妻子之间做的那件事吗？”

“没断过。”

“你们经常做？”

“三……四次。”

“每个礼拜？”

“您在开玩笑？每天，神父。”

“着魔了，被撒旦附体了。可怜的塔妮内！”

“为什么可怜？我很喜欢。”

“你说什么？！”

“我说我喜欢。”

“塔妮内，你这是要不顾一切地冒险吗？你不能喜欢！”

“可是我喜欢，我能怎么做？”

“你必须以你不喜欢的方式去做！感到愉悦不是正派女人

做的事！你只能在以要孩子为目的的时候才能跟你丈夫做。你们可有孩子？”

“没，还没有，可我们想要孩子。”

“听着，塔妮内。每当你跟你丈夫做那件事的时候，你要在心里重复：‘我不是为了愉悦而做，是为了给上帝生一个孩子而做。’知道了吗？女人，妻子，不应该感到愉悦，否则跟丈夫的关系就会突然改变，变成要下地狱的大罪。女人不应该享受，而是生育。”

“皮罗塔神父，您给我说的那些话我不能说。”

“这是为什么，善良的女人？”

“因为那是谎话，我不能对上帝说假话。也许当皮波从后面跟我……”

“不！这是罪孽！教会认为站着与男人在前或在后做那件事是罪恶的，尽管那样也能生出孩子。”

“神父，您说什么呢？我们从来没有！他放的那个地方不会生出孩子来！”

“噢，圣母啊！你是说他在另一个门儿做那事？”

“什么这门儿那门儿的，神父！”

“他就是社会党人，千真万确啊！”

“神父，可是社会主义跟那个门儿有什么关系，您怎么这么说？”

“当然有关系！怎么能没关系！在另一个门儿做那件事就是违反自然！而违反自然就是社会主义！”

3. 皮波、隆吉塔诺勋爵和卡罗杰利诺的对话

“勋爵，如果我来您家打扰您了，请您原谅我，但我也身不由己。”

“发生大事了？”

“如何不是呢！今天早上我收到卡尔塔比亚诺先生的一封信，信中说他立刻就能从巴勒莫派一名勘测员来测量数据。”

“这就是说奥拉齐奥·鲁索托已经尽到他的义务，解决了那件事。所以我欠他人情。”

“我来这儿就是为了还您的情的。我拿到了萨萨·拉菲乐里塔的准确地址。”

“您怎么知道这次就是对的呢？我怎么称呼你，‘你’还是‘您’？”

“称呼‘你’，堂罗罗。地址是我和萨萨的一个共同的朋友写给我的，而萨萨毫不知情。信在我这儿，请您过目。您看到了？好的。为了进一步确认，前天我去了蒙特路撒省政府，萨萨的一个哥哥在那儿工作。我跟他说，我想跟萨萨和好，他就

相信我了，确认地址是对的。所以两个人，他们相互不知情，但给我说的都是一样的。”

“那么这个地址是真的了？”

“十字胡同5号，帕纳乐罗家。您看，我欠您的情我还上了。”

“皮波，你结论下得太早了。”

“还不上？！”

“只是口头上还上了。当我找到那个婊子养的龟儿子的时候，才算真正还上。”

“这次您一定能抓到他，他死定了。对了，您如果抓到他会怎么处置他？”

“为什么‘死定了’之后你要说‘对了’？你在打什么鬼主意？”

“堂罗罗，我请您原谅。真的。我什么都没想。因为不管怎样，萨萨也是我的朋友……”

“皮波，我们把话说清楚。你出卖了萨萨，而我得到了他。对吗？”

“对，堂罗罗。”

“现在，我得到了一样东西，东西就是我的，那么我想怎么做就怎么做。对吗？”

“对，堂罗罗。”

“你好好思量一下前面的话，皮波。再见。”

“给您行吻手礼，堂罗罗。”

……

“卡罗杰利诺！过来！”

“来了，堂罗罗。”

“你都听到啦？”

“是的。十字胡同5号，帕纳乐罗家。现在我立马动身去巴勒莫。”

“不。”

“我不要动身？”

“不，我们不能重复前几次的错误。如果我想得没错，皮波·杰努阿尔迪现在这个时候应该正在用电报通知萨萨，而萨萨会再一次搬家。这次你等个十来天，然后等风声过去了，你再去十字胡同。如果没找到他，那你就去杜科里大道，如果那儿也找不到，那你就去但丁广场看看。总之，你把他住过的地方反过来全找个遍。”

“堂罗罗，您真是英明啊！要是我找着他了，我怎么收拾他？”

“盯着他的脸看看就够了。”

“但是既然我都到那儿了……”

“不，卡罗杰利诺，我是怕皮波·杰努阿尔迪。如果他知道萨萨·拉菲乐里塔被杀了，他就可能有所顾忌，说不定会搞出什么幺蛾子来。”

4. 警长和特派员的对话

“谢谢您，特派员，您提供了如此详尽的维加塔的前沿情况的报告。我会给予适当重视的。如果没有别的事，您可以走了。我看您有些迟疑。您还有其他事要说？”

“警长先生，如果我说了，也只是想把话说在前头。您看，街头巷尾有些瞎话儿……”

“什么？”

“谣言，警长先生。您并没有让我去注意那些谣言，但是如果这些流言传到兰扎-图洛中尉耳朵里，他就能编造出一份二十页的报告呈交给省长阁下，我们就得一切从零开始。”

“那么一定是关于杰努阿尔迪的传言了！”

“是的。我要怎么做，给您说说？”

“说来听听！”

“塔妮内·杰努阿尔迪夫人，她去忏悔，皮罗塔神父拒绝了她的忏悔。此事在当地闹得沸沸扬扬。”

“我明白了。这个皮罗塔神父说他拒绝……”

“不，警长先生，皮罗塔没有公开地讲什么。但他是个极其易怒的人，情绪一激动，就开始大喊大叫。当时，寡妇利佐皮娜正在告解室旁边等待忏悔，她是个长舌妇……”

“什么？”

“就是喜欢管别人的闲事，并且到处讲的女人。她听到了皮罗塔神父和杰努阿尔迪夫人之间的所有对话，眨眼间就传遍了街头巷尾。”

“可是，杰努阿尔迪夫人做了什么比较严重的事情？”

“好像是菲利普·杰努阿尔迪每次行夫妻之事的时候，就把阴茎涂成红色，为的是看起来像魔鬼，以违反自然的方式占有妻子。”

“那跟夫人有什么关系？”

“好像她欣然同意。”

“好了！我们严肃点儿！您相信这样的传言吗？”

“我不信，但是人们相信。您想知道一件事吗，警长先生？如果杰努阿尔迪身边不仅有宪兵盯着，连教会也参与了进来的话，我看杰努阿尔迪就要嗝屁了。请原谅我的用词。”

5. 兰扎-图洛中尉和德·圣-皮埃尔将军的对话

“将军先生，中尉耶苏阿勒多·兰扎-图洛向您报告！”

“亲爱的中尉！请坐，请坐。您知道吗，上个月，在罗马巴龙契尼侯爵的沙龙上，我有幸见到了您的母亲伯爵夫人。您母亲是位非常美丽的女性，中尉！”

“将军，我妈妈身体怎么样？”

“她很好，我的孩子。伯爵夫人告诉我，她只有一个担忧，那就是您离得太远了。”

“她应该服从安排。这是职责所在。”

“中尉，您看，我决定帮助伯爵夫人实现她的愿望。”

“那是？”

“我们简而言之吧，这样痛快点儿。您，下个月去那不勒斯，到阿勒波内帝上校那里就职，他是名英勇的军官。我做得不错吧，嗯？伯爵夫人将会很高兴的。”

“圣-皮埃尔将军，请原谅我冒昧，我对此不是很高兴。”

“为什么，我的孩子？”

“我这次调动，难道不是蒙特路撒警长做的手脚？”

“中尉，最好不要提这事。”

“我有权利知道我哪里做错了。”

“但您没做错！么有像一天都么有逮面包那样儿叫人无法忍受[①]！”

“请允许我坚持想知道原因。”

“中尉，您不要……”

“您可以派人去巡查……”

“够了！什么巡查不巡查的！您就是一傻瓜，您明白不明白？蠢蛋！在采取这个办法之前，我已经跟您的上司斯科蒂少校谈过了。我原谅您刚才给我说的那些话。您简直就是花岗岩脑袋，硬得足以把墙撞倒！您赶紧滚蛋，我没有把您赶到要塞去，您还要感谢您的母亲伯爵夫人！”

“遵命，将军先生。”

---

① 此句原为皮埃蒙特地区的方言，故做此翻译。

文书系列之四

邮电部

巴勒莫——鲁杰罗赛迪莫路32号——区办公室

尊敬的菲利普·杰努阿尔迪先生

维加塔

加富尔路20号

巴勒莫，1892年2月1日

尊敬且亲爱的朋友：

我在维加塔做了极其短暂却十分舒心的逗留。做了现场勘察与测量之后，一回到巴勒莫，我就赶紧计算电话要经过的线路，至少也是为了报答您招待我的美食。

但是我必须通知您下列事宜：如果您想要一条从您的仓库到您岳父的工厂的电话，程序就没有那么复杂了。但是，您想要的是连接到您岳父家里的电话，这就会出现一些路线问题，因为您岳父的住宅（茵富纳区的别墅）是位于郊外的。不管怎样，遵循两点之间直线最短的原则，根据地形图，我画出了埋桩子的草图，随信给您附上一份副本。

从您的仓库到您岳父的住宅的距离整三公里，为了保证最佳的使用效果，电话每五十米我们就必须打一根桩，因此总共需要五十八（58）根桩子。我在附图中用红墨水画圆点的地方，就是需要埋桩子的确切位置。当然，桩子和电话都需要向本邮电管理局申请，付款后提供使用。铁路运输费也要由您承担。

安装电话和桩子不是任何人都能完成的简单操作，稍有不慎就可导致前功尽弃。我建议您方便时来咨询我。

您现在需要拿到地籍处发放的地籍图，通过地籍图推断出埋桩需要经过的土地所有者的名字，并且与他们在地役权评估上达成一致。事实上，涉及私用电话路，不需要市政府，更不需要省政府介入（土地征用）。

您将需要把您与各个土地所有者签订的（立誓）同意书寄给我们。一收到同意书，我就会给您解释如何申请落实埋桩。

致以最衷心的敬意！

勘测员

（阿格斯迪诺·普里塔诺）

又及：当我给卡尔塔比亚诺博士讲我在维加塔时您招待我吃喝的事情，他差点儿晕倒在地。请您采取点儿措施，不要让他嫉妒而死！

萨瓦多尔·斯帕拉皮亚诺公司

锯木厂——木材批发——马多涅山脉圣沃帕托

致菲利普·杰努阿尔迪先生

维加塔

木材仓库

圣沃帕托，1892年2月2日

尊敬的先生：

您从我公司进木材卖到维加塔已有三年。在这三年的商业关系中，除了您拖延了几笔小的款项，我们公司对您并没有什么怨言。

我给您写这封信是为了告诉您，我们公司不想再跟您做任何生意了，所以您可以找其他批发商帮忙。

公司的这个决定不是出于商业原因或缺少信任，尽管您拖延了几笔不大的款子，但是您一直都是一位受欢迎的顾客。

您没有机会知道我家到底怎么回事，所以我来解释给您听。我爹的父亲，耶苏阿勒多·斯帕拉皮亚诺，他一直反对波旁家族做的那些丑事，因为这事儿他被判了重刑，就逃到外国去了，准确点儿说，是逃到法国的马赛了。我已经去世的父亲，米开来·斯帕拉皮亚诺，按照尼诺·毕肖将军手下的德扎少校的命令，参加了加里波第的军队，他们剿灭了勃朗特市的叛乱军。就像当时毕肖将军说的，勃朗特人犯了反人类罪，因为这件事儿我爹一生都引以为豪。我给您说这些事儿不是为了显摆，而是想告诉您，我们了解您的人品和您所抱有的思想。

我们收到一封匿名信说，您跟一群破坏我们国家的人经常来往，他们想瓜分我们的女人、房子和财产。

斯帕拉皮亚诺家的人不愿意跟有这种思想的人做任何生意，这种思想不是什么好东西，会带来饥饿、毁灭和死亡。既然斯帕拉皮亚诺家的人是一步一个脚印的人，我们考虑了又考虑，最后还是给维加塔宪兵中尉指挥官写了一封信，把您的想法告诉了他。虽然中尉的信没有直接写明，但他也明白您是怎么想的，他的字卷得就像猪尾巴，但意思还是那个意思。

可能有些绅士会说宪兵不靠谱。但是，我内人的一个表姐（温多朱塞帕夫人）出嫁后就住在蒙特路撒，有次过节她受我委托去了趟维加塔，跟一位名叫皮罗塔的本堂神甫聊过。

当温多朱塞帕夫人提到您的名字，是菲利普·杰努阿尔迪没错吧，皮罗塔神父失望地抬眼望天，并且在胸前画了三次十字。

这就是我要给您讲的。

所以您要相信斯帕拉皮亚诺公司是如何都不会再给您发木材的了。

我们等待您结清上批货的七百里拉的尾款。

衷心致敬。

萨瓦多尔·斯帕拉皮亚诺

国家邮电管理局

电报接收室

费拉

电报

字数：71　目的地：维加塔　日期：2月6日　时间：11：30

收报人姓名及地址：埃马努埃莱·斯奇里洛骑士

茵富纳居民区

巧遇您妻姐恩利凯塔夫人去邮局给您发电报，遂由我代发。莉莉娜夫人微恙无法按预期返程，仍将留费拉数日。请告知塔妮内我下周二回。向您致意。

菲利普·杰努阿尔迪

发报人姓名及地址：菲利普·杰努阿尔迪 费拉中心宾馆

《巴勒莫日报》

社长：G. 罗曼诺·泰比　　　　　　　　1892 年 2 月 7 日

蹊跷的受伤

昨日早上七点，安东尼奥·布鲁克乐里先生从公寓出来准备去上班，发现隔壁住宅的门大开着。由于该住宅已有三年无人居住，里边没有任何家具摆设，所以他很吃惊，就走进去，发现地上有一个失去意识的人，头上有明显的伤口。他立刻报告了皇家宪兵，陌生人也被送往圣弗朗西斯科医院进行治疗，在医院，医生发现他右顶叶有一处非常大的挫裂伤。该男子没有任何身份证明，正处于精神错乱状态，既无法说明自己的身份，也无法解释受伤时的情况，更无法说明他去十字胡同 5 号那栋废弃公寓的目的。该公寓曾经属于埃乌赛比奥·帕纳雷罗先生，三年前他举家搬迁去了卡塔尼亚。

皇家宪兵正在对此事展开调查。

蒙特路撒皇家地籍处

主任

尊敬的菲利普·杰努阿尔迪先生

维加塔

加富尔路20号

蒙特路撒，1892年2月10日

尊敬的朋友：

您夫人在我小女儿妮妮娜受坚信礼时馈赠的美味真是让我深受感动。

我这就把埋桩涉及的土地所有者的名单发给您。

1）马里亚诺·贾卡罗内，维加塔，美洲路4号，拥有地块的编号为12、13、14、27。

2）斯台法诺·扎帕拉的继承人，有：阿嘎缇娜·因格拉切弗·扎帕拉，那不勒斯，五日路102号；维琴佐·扎帕拉，维加塔，炉灶路8号；潘克拉乔·扎帕拉，蒙特路撒，复兴路

2 号；克斯坦提诺·扎帕拉，拉瓦努萨，简培托路 1 号；卡尔切多尼奥·扎帕拉，巴黎，自由广场 14 号；艾尔西莉亚·因皮罗马里·扎帕拉，雷焦卡拉布里亚，巴罗尼亚路 8 号。所有这些人都是 18 号土地的共有者。

3）菲利普·曼库索，维加塔，平原路 18 号，拥有地块的编号为 108、109、110。

4）贾科莫·吉利贝托，维加塔，意大利统一路 75 号，拥有地块的编号为 201、202、203、204、205、895、896。

5）保兰东尼奥·罗布雷斯蒂，美国，纽约，赫尔姆斯路 2005 号，拥有地块的编号为 701、702。

我的工作就是以最大的热情支持您，您也将会明白，所谓官方快速办理流程实际是需要好几个月的。因此，能让您满意我感到很高兴。

再次感谢您夫人精心准备的礼物。紧握您的手以致意。

卡塔尔多·弗雷西亚

尼古拉·赞巴尔蒂诺律师

自由大街 2 号——巴勒莫

致尊敬的卡罗杰罗·隆吉塔诺勋爵

维加塔

罗雷托胡同 12 号

巴勒莫，1892 年 2 月 12 日

尊敬的勋爵：

我的委托人及同事奥拉齐奥·鲁索托目前仍然被困，他告诉我，他想了解几天前晕倒在十字街 5 号一栋废弃公寓里的那个陌生人的消息，因为他怕那陌生人是他的一个名叫卡罗杰利诺·拉加纳的远房亲戚。

很不幸的是，我必须告诉您被他言中了。但是我也很高兴地告诉您，他的远亲逐渐康复，很快就能出院。现在他仍然头疼剧烈（整整缝了二十针！），并时有健忘症。他不需承担任何刑事责任，一出院就可以回维加塔了。

关于事情的经过，他隐约记得是这样的：他到巴勒莫有事，想去见一位好久没见面的朋友，据他所知，那位朋友就住在十字街 5 号。他上到二楼时，就注意到那户门敞着，他决定进去打听一下。他一只脚刚迈进去，头上就遭到重击。这肯定是小偷所为，因为，当拉加纳先生在医院醒来时，他痛苦地发现口袋里的钱包和其他所有东西都不见了。

拉加纳先生向您问好，他什么也不需要。

不管怎样，我都听候您的吩咐。

很高兴能为您效劳，尊敬的勋爵，请您相信我对您的无比敬意。

尼古拉·赞巴尔蒂诺

G. 纳帕与 G. 库库路罗

律师事务所——特里那科里亚路 21 号——蒙特路撒

致尊敬的菲利普·杰努阿尔迪先生

维加塔

加富尔路 20 号

蒙特路撒，1892 年 2 月 14 日

尊敬的先生：

您给我们来信是为了让我们事务所承接您的两项完全不同的任务。

第一项任务是您想通过法律途径，以诽谤罪起诉：

1）维加塔皇家宪兵指挥部；

2）维加塔的本堂神甫堂柯西莫·皮罗塔；

3）马多涅山脉圣沃帕托的萨瓦多尔·斯帕拉皮亚诺先生。

关于第 1）点：

在我们的记忆中，从来没有出现过对皇家宪兵队在其职责

范围内谨慎执法提出起诉的。

对于您来说，这场诉讼的结果将无疑是负面的，会让您处于不利的位置，并且从某方面来说，还会加剧公众对您加入煽动活动的怀疑。

关于第 2）点：

当维加塔的本堂神甫抬眼望天并在胸前画十字，这并不是什么不同寻常的动作，这只是另外一种表达自己意思的方式。这跟教士、修女、修士们的举止是类似的，成千上万人都可以对此证明。这之间的联系（也就是说神甫是因为听到您的名字感到反感而做出的这些动作）是无法在法庭上进行论证的。

关于第 3）点：

萨瓦多尔·斯帕拉皮亚诺先生的公司完全有自由将自己的货物卖给他认为适合的人。在这种特殊情况下，他提出的那些原因是尚未确定的，但无关损害他人利益。对方的律师很容易就能证明“无政府主义者”与“社会主义者”并不等同于小偷或杀人犯。

总之，我们坚信这三起诽谤诉讼将会反过来变成对您的控告。

此外，我们事务所不喜欢打还没有开始打就已经输掉了的官司。

您想委托我们的第二项任务是，向电话需要途经的那些土地的所有者申请埋桩许可。您适时地附上了土地所有者的名单。

对于这第二项委托任务，我们事务所没有任何问题，乐意接受。

您告诉我们，关于马里亚诺·贾卡罗内先生和菲利普·曼库索先生，您自己可以解决。

这将极大地减轻我们的工作量。另外，出于私人原因，您要求我们也无须过问贾科莫·吉利贝托先生。

因此我们推断，跟上述人员联系是您自己的事情?

总之，我们事务所只需办理与保兰东尼奥·罗布雷斯蒂先生和扎帕拉家族的继承人相关的手续。

关于这一点，我需要向您指出的是，有两名需要我们联系的人员生活在境外，一名在巴黎，另一名甚至住在纽约。其他人分别住在那不勒斯、拉瓦努萨、雷焦卡拉布里亚。

所有这些需要的时间一定不会短，最乐观的情况就是，所有人一开始就同意埋桩。如果有人没有立刻同意，甚至拒绝的话，商谈将会需要更长时间。

请您至少汇给我们三百里拉作为工作开始的经费。

致以衷心的敬意。

纳帕与库库路罗律师事务所

律师：约书亚·纳帕

《先驱报》

政治日报

社长：G. 奥多 · 博纳菲德　　　　1892 年 2 月 15 日

维加塔发生蓄意纵火

前天晚上，有不明身份者潜入菲利普 · 杰努阿尔迪先生的仓库。仓库里存放着他的“潘哈德”马达驱动四轮车，该车时速可以达到二十公里。由于仓库内还存放着碳化钙，是用来制取乙炔为四轮车前灯照明的，这些人用碳化钙把四轮车烧了。

四轮车已经完全被烧毁，无法修理了。

报道这则消息，是因为这辆车——在不久的将来它注定会彻底改变世界的交通——是我们岛上独一无二的一辆。

公共安全处和皇家宪兵正在对此次破坏行为的肇事者展开调查。

谈话系列之四

1. 帕里内罗勋爵和警长的对话

“帕里内罗勋爵！感谢您的大驾光临。”

“这是我应该做的，警长先生。”

“省长阁下怎么样了？”

“一直裹得跟木乃伊一样。这是一个漫长的过程。”

“督察员走了吗？”

“是的，就在昨天走的。他非常细心、严谨，甚至找比沃纳副省长问了好长时间话。依我看，他的下场会很惨。”

“您指的是省长？”

“不是，是副省长。”

“请继续，勋爵！”

“您看，省长阁下摔了那悲惨的一跤的结果就是，一切都变得对您十分有利。他不能言语也不能书写，所以他也就什么都说不了也什么都写不了。所以，也就没有任何数字，没有毫无意义的句子，没有任何对抗他所谓的颠覆分子的过分行为。在督察员兼省长科隆波多-罗梭的眼里，我们的马拉夏诺博士就是个可怜的倒霉蛋。另外，省政府一切井然有序，这我早就预料到了。为了顾全面子，科隆波多-罗梭就做了些无关紧要的视察，正当合法地报销了一些差旅住宿费，为的就是要摘了副省长这个举报人的乌纱帽。”

“所以，您实际上是要告诉我，我们必须继续忍受省政府里有一个像马拉夏诺一样的疯子？而现在我收到传言说有大规模农民运动！”

“您想要我给您说什么呢，警长先生？确实就是这样。”

“您看，勋爵，您知道我是一个跟女仆睡觉的人。”

“不，我不知道。不管怎样，那都是您的私事，您是主宰者。”

“不，帕里内罗，这是我们这里的一种说法，意思是我喜欢打开天窗说亮话。”

“请原谅我误会了。”

“所以，我想告诉您，我收到了两封信。一封是我的一位在部里工作的好友写的。我给他写了信，他给我回的信。他说，马拉夏诺从未有过死去的前妻，也没有跟人私奔的第二任妻子。马拉夏诺是个单身汉，光棍，或者该他妈的怎么说呢。我看您一点儿都不吃惊。”

“我已经猜到了。”

“从何而知？”

“我经常去省长阁下的公寓，就位于省政府的顶楼。可以看出来他习惯了没有女人在身旁的日子。有几次……”

“……您同情他。”

“我觉得他就像一条被遗弃的狗。有一天晚上我成功地让他到我家吃了饭，我妻子看到他也有同样的感觉。当我们躺下睡觉时，我妻子却睡不着。我问她怎么了，她说她在想省长，然后她就问我：‘你确定他结过婚？’然后，过了一会儿，她又对我说：‘你就当作做好事，跟这个可怜的人走得近一点儿。’正因为如此……”

“……您就把油倒在楼梯上了。”

“您在说什么？！”

“您看，我已经跟您说过，我是一个跟女仆睡觉的人。”

“您就是跟鳕鱼干儿睡觉又关我屁事！但是您不能……”

“请原谅，请您听我说。我收到一封匿名信。有人，当然是省政府里的人，断言省长阁下的摔倒不是意外，而是因为楼梯平台和前两级楼梯被人倒上了油。”

“这封该死的匿名信可曾说是谁写的？”

“没有。”

"您看到了？您对我的怀疑就是对我的侮辱！"

"勋爵，您忘啦，我的首要身份是条子。所以请您谅解。在我收到匿名信之前我就已经对省长阁下摔倒的原因表示怀疑了。而且您看，多凑巧啊！早上通知督查事情，下午省长阁下就不能说话不能写字了。您认为让他断几根骨头是件幸运的事儿，就真的能够挽救他的前程？算了吧！您刚刚露了马脚，您知道吗？您那些对马拉夏诺表示同情的话无疑就是坦白。但是您没想到的是那个倒霉蛋会摔断脖子吧？"

"我们想到了，警长先生。"

"什么，'我们'？"

"我和我妻子。我妻子做了防备，她给圣卡洛杰罗[①]捐了一大笔钱，并且给他解释说这事儿是出于好心。"

"您是认真的？"

"我们相信圣卡洛杰罗，警长先生。事实上，您看……不管怎样，我听候您吩咐，您告诉我我该做什么，不管是自首还是辞职，我一定去做。"

"别说笑了！拿着，这是那封匿名信。好好看看，也许您能辨认出是谁写的，字模仿得很差。帕里内罗勋爵，能够见到

---

① 圣卡洛杰罗（466—561），一名隐士，西西里的很多地区将其尊崇为守护神，是天主教会和东正教会的圣人。

您真的是很高兴。代我问候您优雅的妻子，我还未能有幸认识她。”

“警长先生，最近几晚您能赏脸去我家吃顿晚饭吗？”

2. 吉利贝托和皮波的对话

“您怎么还有脸来见我？请马上从我家出去！”

“吉利贝托先生，请您听我说……”

“杰努阿尔迪先生，我不听您放屁！立马出去，否则我打电话叫宪兵了！”

“好吧，我的律师会写信给您。”

“律师？什么律师？是我该去告您！不要脸！您那时刚刚结婚，就住到这儿来，意大利统一路，跟我家一层楼，门对门，您好像很爱您老婆啊，可每天晚上我夫人不得不堵上耳朵，免得听到你们床上搞出来的声音！……”

“吉利贝托先生，我们现在是要翻出那些陈芝麻烂谷子吗？”

“是的，先生！我忘不了我女儿阿内塔的表情，她那时才十三岁！她还是个孩子！她告诉我，您每次在楼梯上遇到她，都摸她的屁股！这是该进监狱的事儿！那个天真的孩子正高高兴兴无忧无虑地上楼梯，而他，啪！手放在了她屁股上！我女儿的屁股上！”

“您能让我说句话吗？这都是开玩笑。我们商量好的。阿内塔故意让我们俩碰面，她让我摸，她收了我给她的半里拉……”

“您，得便宜卖乖，还要坏我女儿名声！您想给我说啥？我女儿卖身？我杀了您！”

“吉利贝托先生，马上把刀放下，您只要一动我就开枪。左轮手枪，您看到了吧？已经上了子弹。把刀放下，我们平心静气地谈谈。这样就对了。噢，上帝保佑！咱先不提我每摸她一下要收我半里拉的事了，您女儿不是来给您告发我了吗……您知道她为什么这么做吗？不知道？那我来告诉您。她要涨价，每摸一下她想收一里拉，所以我拒绝了。不要冲动。别忘了我有左轮手枪。而您知道了这件事之后，您对我做什么了？您告我了？您揭发丑事啦？不，先生，您做梦都没有这么做。您是来找我要了两千里拉赔偿金。数目很大，但是我给您了。这事儿是真是假？”

“是，是真的。我那么做是因为我是个有良心的人，我不想您去坐了牢，还毁了我女儿一生。”

“大约六个月前您又要了我两千里拉，而我连您女儿的影子都没见着吧？”

“那次是我有急事，急需钱。”

“而我还是给您了。但是您犯了一个错误。”

“什么错误？”

“您不该写下来。您给我写了张字条。字条现在就在我口袋里。我给您读读，这样您就能记起来了。‘杰努阿尔迪先生，您必须立刻给我两千里拉，否则我就把您和我女儿的事情告诉您老婆。’如果我把这张字条交给多刺扎手特派员，他就会把您抓起来。您知道您这叫什么吗？敲诈勒索。”

“是的，但是您也会因为猥亵未成年人去坐牢的。”

“不要急，尊敬的朋友，不要急。阿内塔现在已经订婚了，对吗？”

“她一年半之后结婚。”

“如果这事儿传出去，什么订婚结婚全都拜拜。我，反正名声都臭了，我就会告诉所有人，我不但摸她屁股了，我还神不知鬼不觉地睡了她。老实点儿。不要动。不要忘了我有枪。到时候您女儿阿内塔连个人渣老公都找不到。我说得够清楚了吗？”

“您说得很清楚。您他妈的想从我这儿得到啥？”

“我需要您给我写份许可，允许我在您的一块地上埋几根桩子。”

“付钱吗？”

3. 曼库索骑士和隆吉塔诺勋爵的对话

“曼库索骑士！请进，请进。”

“您给我打电话，我立马儿就跑来了。只要隆吉塔诺勋爵一声令下，菲利普·曼库索立刻立正站好。”

“您开玩笑了，骑士。哪有什么一声令下。一直都是请求，非常谦卑地请求。我很抱歉麻烦您从维加塔赶到蒙特路撒。但是，您看，我来这儿二十几天了，一直在我兄弟尼诺家住着，他是医生，他给我治病。”

“严重吗？”

“感谢上帝，没什么大病。但是在我和您，我们这个年纪，一定要注意健康。您身体怎么样？”

“我没什么可抱怨的。”

“谢天谢地！那句谚语怎么说来着？‘花甲一过，每早一痛’。”

“确实是。”

“我不想太麻烦您，骑士。我请您来这儿是因为今天早上我收到了一封信，是来自一位亲爱的朋友的，不可能有别人，他就是帕拉佐托议员。”

“上帝应该让我们长命百岁，为了议员所做的一切善事，上帝必须好好回报他，即使他不需要！”

“看，信在这儿。我给您念念。‘亲爱的罗罗，我听说你身体不太好，我很是抱歉。我希望你能很快康复。为了我们热爱的这片土地的利益，我们还有很多工作要一起做。关于阿贝托·菲利普·曼库索会计申请在西西里银行就职一事，你千叮咛万嘱咐，所以我必须非常高兴地告诉你，事情有眉目了。过几天会有人叫他到巴勒莫总经理办公室去面谈。到时候跟曼库索会计谈话的是副总主任安特诺雷·曼吉米，他是博洛尼亚人，但他是我们的人。所以就没什么可担心的了。赶快好起来啊。送你一个兄弟般的拥抱，你的奇乔·帕拉佐托’。您这是干什么，骑士？您跪下了？”

“是的，我跪下了！我想吻您的手！我不知道该怎么感谢您，怎么还您的情！不管什么事儿，我全听您吩咐！”

“骑士，您要相信我，看到您如此高兴就已经是给我的最大回报了。这就够了。我不耽误您的时间了。我希望下次我们见面的时候，我能够告诉您您的儿子被银行录用了。我送您到门口。”

“勋爵，请留步！我认识路。”

“哦，对不起，等一下，我想起一件事来。您晓得吗，菲利普·杰努阿尔迪申请了一条从他那儿到他岳父家的私人电话？”

“不，我不晓得。”

“好像一部分连接电话的桩子必须埋在您家地里。”

“没有任何问题！我跟他岳父斯奇里洛是朋友，并且皮波·杰努阿尔迪，我也是看着他出生，看着他长大的。我再说一遍：没有问题。他要埋多少桩子尽管埋。”

“然而有问题。”

“啊，是吗？”

“是的。”

“什么问题？”

“这些要埋在您地里的桩子，您不能让他埋。”

“啊，不能？”

“不能。”

“没有问题；勋爵！即使朝我开枪，我也一根桩子都不让他埋！菲利普·杰努阿尔迪哪儿凉快哪儿待着去。”

4. 皮波、贾卡罗内夫人和马里亚诺·贾卡罗内的对话

“夫人，您好。贾卡罗内先生在家吗？”

“对不起，您是哪位？”

“我是菲利普·杰努阿尔迪。您不记得我啦，贝尔塔夫人？我还是个孩子的时候，您就认识我啦。”

“啊，是你！皮波！对不起，孩子，年纪大了，视力不行了。你结婚了，对吧？有孩子了吗？孩子是家里的福气。”

“没，我们还没有孩子。贾卡罗内先生在吗？”

“我丈夫？马里亚诺？”

“是的，夫人，马里亚诺先生，您丈夫。”

“我该怎么给你说呢，我的孩子？他在，他也不在。”

“您这是什么意思？”

“我的意思是，马里亚诺已经有三天头脑不清楚了。你想想看，三天前他还跟一个年轻小伙子一样，他已经八十岁了。上周一，我俩吃饭的时候，他使劲儿盯着我看，然后问我：‘对不起，夫人，您是谁？’我听得都呆了：‘我是贝尔塔，你

老婆！’他没有任何反应，直到黄昏时才重新认出我来：‘你这一天都跑哪儿去了，都见不着个影儿？’多么不幸啊，我的孩子！你找我丈夫有啥事儿吗？”

“我能跟他说几句话吗？”

“进来，可今天真不是时候。他在这儿。他就一直这个样子，坐在沙发里，有时候连话都不愿讲。”

“堂马里亚诺，您感觉怎么样？”

“你是谁啊？”

“我是菲利普·杰努阿尔迪啊。”

“把你的身份证给我看看。”

“我没带。”

“那谁能保证你是菲利普·杰努阿尔迪？您呢，夫人，麻烦您不要趁我老婆不在家，就跟个女主人似的在我家里转来转去。”

“噢，上帝啊，我是贝尔塔呀！马里亚诺，咱俩都结婚六十二年啦！”

“夫人，您也把身份证给我看看。”

“皮波，你看到了吗？我跟你说了，今天赶得不是时候！”

“您说得对，夫人。贾卡罗内先生，再见。”

“你跟谁打招呼呢？这个贾卡罗内又是谁？”

“你看看，皮波，你看见了吗？他连自己都不认识了！”

“您找过大夫了？”

“当然。”

“那大夫怎么说？”

“他也不知道我丈夫能不能恢复。不过他说是年纪大了的原因。不要让我好奇了，你找马里亚诺到底什么事儿？”

“想让他在一个文件上签个字，允许我在他的地里埋几根桩子。”

“他怎么签字啊？他都不晓得他是谁！咱们这样儿吧，皮波，如果他清醒一点儿了，能认出我来了，我就跑去喊你，你就带着文件过来签字。”

“太感谢您了，贝尔塔夫人。”

“祝你事情顺利，我的孩子。”

“希望我们能很快再见面，夫人。”

……

“贝尔塔，菲利普·杰努阿尔迪那个事儿爹走了吗？”

“走了，刚走。你觉得刚才能混过去吗？”

“我觉得没问题。他已经信了。但是，你听我讲：明天早上咱俩就动身去卡尔塔尼塞塔，咱俩去儿子那儿住一阵子。为了给堂罗罗·隆吉塔诺帮忙，我就要一直闷在家里装傻子，我可受不了！”

5. 贾科莫·拉菲乐里塔和皮波的对话

“拉菲乐里塔先生，我数到三，如果您还不从我的仓库出去的话，我就打得您屁股开花。一，……”

“杰努阿尔迪先生，您看我完全是出于良心不安才来找您的。”

“在您弟弟萨萨那个龟孙子烧了我的四轮车之后？您还有良心？”

“哦，您认为是他干的？”

“我认为？我敢发誓就是他干的。”

“您说得对，杰努阿尔迪先生。只不过他是间接干的。”

“什么意思？”

“请先允许我问个问题。您看报纸吗？”

“不看。”

“所以您也就不知道发生在巴勒莫一个叫卡罗杰利诺·拉加纳的人身上的事儿喽？”

“卡罗杰利诺？堂罗罗·隆吉塔诺的手下？不，我什么都不晓得。”

“您最近见过隆吉塔诺勋爵吗？”

“没有，有好一阵子没见到他了。您能说说，您干吗拿这些破事儿来捣蛋？”

“我马上解释。我们给您下了个套儿，杰努阿尔迪先生。我也是在他们烧了您的车之后，才发现这个套儿很危险。”

“您说的什么套儿？”

“杰努阿尔迪先生，萨萨的第三个地址，安杰洛·古塔道罗写信告诉你的又经我确认的那个，也就是十字胡同5号，是假的。这是萨萨、古塔道罗和我，我们商量好的。我弟弟确信他是对的，就是您每次把他的地址告诉隆吉塔诺的。所以他就想做个实验。每天夜里他都埋伏在那栋公寓里等着。就当他要失去信心的时候，堂罗罗派去要痛打我弟弟的那个卡罗杰利诺出现了。萨萨突然抓住他，敲了他的头，然后为了羞辱他，拿走了他口袋里的所有东西。据他说，卡罗杰利诺带了左轮手枪还有刀。”

“您告诉萨萨，让他准备棺材吧。这次勋爵要是抓到他，会把他做成鸡饲料。”

“而他会把您做成猪饲料。”

“我？跟我有什么关系？”

“那意思是您还是什么都没明白。您好好想想吧，杰努阿尔迪先生。第一次堂罗罗的手下按照您给的地址去了，没找到萨萨。您弄到了第二个地址，又给了勋爵，他的手下去了巴勒莫，还是扑了个空。第三次，堂罗罗的人栽了。现在，可怜的勋爵会怎么想？”

“噢，圣母玛利亚！噢，圣约瑟！我要完蛋了！”

“您现在明白了吧？他确信是您跟萨萨合伙耍了他之后，第一件事儿就是烧了您的四轮车。现在我良心不安，是因为堂罗罗可能并不满足于只放一把火。如果他心血来潮，那可是会……”

“我要关仓库了。您走吧。我要关仓库了。您走吧走吧。我要关仓库了……”

文书系列之五

亲爱的父亲，尊敬的岳父！

我不得不赶在坐火车前赶紧给您写几句，我要离开维加塔一阵子。至少要在外面待到针对我的风暴平息了之后。我今天晚上会把每件事儿都告诉塔妮内，她将亲自转告您。

亲爱的爸爸，发生在我身上的事情，真的太恐怖了，尤其是想到这场暴风雨竟是由一场常见的误会造成的。

堂罗罗·隆吉塔诺勋爵知道我跟萨萨·拉菲乐里塔有着兄弟般的友谊之后，就向我打探我是否知道萨萨在巴勒莫的地址。堂罗罗向我解释说，他要地址是因为他想调解萨萨和他的兄弟尼诺之间的钱财纠纷，因此他想派他的手下，卡罗杰利诺·拉加纳去巴勒莫。而我，十分幼稚地完全出于好心就把地址给他了。

但是与此同时，萨萨搬家了。我知道之后通知了勋爵，还是出于好心，我把新地址给了他。但是这次，拉加纳特地赶到巴勒莫，还是没有找到萨萨。于是勋爵借此表达对我的不准确信息的抗议，指责我不愿帮助他们和解。在这节骨眼儿上，我弄到了萨萨在巴勒莫的第三个地址，并把地址告诉了勋爵，本以为事情就结束了。但我是被蒙在鼓里的，您一定要相信我，我是以儿子的真诚给您讲这事儿的，这事儿其实是丧失理智的萨萨对我和勋爵设下的一个圈套。他故意让我得到了一个假地址，因此可怜的拉加纳赶到那儿就遭到萨萨袭击，头部受伤严重。但是此时隆吉塔诺完全错误地认为，我是个两面派：一边给他地址，一边又通知萨萨。可是我何苦要挑拨他们之间的关系呢？这对我有什么好处？我看在友谊的分上，极力想让勋爵和萨萨和好，而不是在中间煽风点火。

不管怎么样，勋爵固执地相信了这个错误的想法，为了报复，他烧了我的马达驱动四轮车。我对此十分确定是因为一系列事情，这就说来话长了。他对此仍不满足，他还强迫曼库索骑士毫不解释地断然拒绝了我要在他的土地上埋几根电话杆子的请求。同时，他还让马里亚诺·贾卡罗内装作突然变傻，这样就不能签字了。在知道了这些事情之后，我现在确定，斯帕拉比亚诺公司写信给我，不再给我提供木材这事儿的背后，肯定也是堂罗罗指使的。

亲爱的父亲，尊敬的岳父，我发誓，在这件事儿整个过程中，我就像耶稣一样纯洁无辜，我把勋爵当朋友，只是想帮他一个忙。

我想，在堂罗罗一时兴起，把我脖子绑上石头扔到海里之前，我最好还是出去一阵子透透气。

塔妮内知道我的地址，她会口头转告您的。她应该会把仓库钥匙也给您，还请您尽量帮我们照看一下。

如果有我的信件，请您每两三封一起放到一个大信封里寄给我，请注意不要让别人看到我的地址，不要让任何人发现我在哪儿。出于需要我不得不拿走了家里的所有钱：您能照顾一下您的女儿吗？然后您再告诉我给了她多少钱。

除了我这封信，塔妮内还将给您带去另一封信，就是巴勒莫那个虚伪的朋友发给我的、给我提供了一个萨萨的假地址的那封信。这封信就是我的不幸之源。您万一碰见隆吉塔诺勋爵（我知道您不想跟那个人有任何瓜葛），请您把这封信给他看看。这封信完全能为我开脱，证明我完全是出于好意。

我的命运就握在您的手掌心儿里。

皮波

维加塔皇家宪兵指挥部

致蒙特路撒省长阁下

蒙特路撒，1892 年 3 月 15 日

主题：菲利普·杰努阿尔迪

阁下：

我英勇的前任，维加塔皇家宪兵指挥部指挥官耶苏阿勒多·兰扎-图洛中尉，他在向我移交工作时，殷切地嘱咐我要密切监视那个著名的颠覆分子菲利普·杰努阿尔迪，只要发现他有任何可疑行为就要立刻向阁下报告。

那么，在今年 2 月 13 日和 14 日中间的夜晚，几个不明身份者（至今仍不知道他们的身份）撬开了锁门的巨大门栓，进入了菲利普·杰努阿尔迪的仓库，那是他用来存放他的潘哈德两马力马达驱动四轮车的地方。

这些撬门窃贼丝毫不受打扰地在这个朝向富裕街的仓库里行动（杰努阿尔迪的住宅与木材仓库位于富裕街与加富尔路交

叉的地方)。事实上，富裕街没有路灯，所以这条路满是粪便与生活污水，泥泞不堪。

这伙歹徒进入仓库之后，轻而易举地烧毁了那辆车。

我们立刻赶到现场，并得出了一些观点，这些观点与维加塔公共安全特派员安东尼奥·多刺扎手先生的观点并不相左。

无须是火药专家也能一眼看出，这是用杰努阿尔迪放在仓库里的碳化钙（乙炔钙）制造的纵火，因为马达驱动四轮车的车灯是靠乙炔照明的。

在这一点上，多刺扎手特派员认为，撬锁与纵火都是未知身份的人员所为，这可能是因为他们嫉妒杰努阿尔迪而为。

相反，本指挥部提出以下疑问：这些歹徒是如何提前得知他们能够在仓库里找到实施犯罪企图的必不可少的大量燃料？

进行了细致的调查之后，我们了解到，杰努阿尔迪为马达驱动四轮车投了保险，并且赔偿金相当可观：若是车辆遭遇火灾（火灾不是车主不小心引起的），杰努阿尔迪将会领取到相当于购买车辆花费的整整 2.5 倍的保险赔偿金。

通过调查，我们还得知，杰努阿尔迪目前的经济状况不容乐观。杰努阿尔迪持有颠覆思想，而斯帕拉皮亚诺家族拥有高度的爱国主义传统，所以马多涅山脉圣沃帕托的萨瓦多尔·斯帕拉皮亚诺公司与他断绝了关系，在此之后，杰努阿尔迪的经济状况岌岌可危。

关系的中止对杰努阿尔迪造成了巨大的打击。据我们所知，斯帕拉皮亚诺公司以前一直给予杰努阿尔迪极大的信任，允许他长期拖欠木材款。

此外我们还证实，杰努阿尔迪已经开始办理私用电话授权的相关手续。尽管我的前任兰扎-图洛中尉给邮电管理局发去一份报告，建议停止给他办理手续，但是不知何故手续仍在继续办理。因此，为了电话授权，杰努阿尔迪需要现金来支付大量的花费。总之，本指挥部怀疑（不只是怀疑），正是杰努阿尔迪本人伙同他的友党制造了这场撬锁入室并且纵火的假戏。因此，我们将继续进行调查。

这是我们义不容辞的责任。

皇家宪兵指挥部指挥官

（伊拉里奥·兰扎-思科卡中尉）

内政部

部长

致比沃纳副省长

阿勒狄多罗·科尼亚罗骑士

罗马，1892 年 3 月 20 日

副省长先生！

我在此通知您，根据您的举报，督察长科隆波多–罗梭阁下对蒙特路撒皇家省政府的维多利奥·马拉夏诺阁下的精神健康状况做出了调查，该调查报告的结果需要立即执行。

尽管马拉夏诺阁下遭遇了严重的事故，但是我们的督察长还是十分确信，蒙特路撒省长是一位难得一见的具备较高思想道德素质的国家高级官员，这与您检举信中的话截然相反。

正如您所记得的，在马拉夏诺阁下就任蒙特路撒的职务大约三个月之后，出于对工作的极其认真与热爱，他出其不意地视察了您所领导的比沃纳省政府。

那么，就在那次，马拉夏诺阁下揭发了若干令人不愉快的弄虚作假、各种不应有的票据注销，以及各种玩忽职守。

出于本职，马拉夏诺阁下批评了您，并给您写了份负面鉴定，他本认为这件事情就这么结束了。

很明显，他大错特错了。

尽管那是一份仅仅出于职责与公平而公正撰写的鉴定评语，但是您却被毫无理由的仇恨蒙蔽，为了报这一箭之仇，您表现出诋毁您上司的强烈欲望，直到变成了彻头彻尾的反对者。

此外，您被仇恨冲昏了头脑，将省长阁下的一些明确指示当成了精神错乱时的疯话，并以拙劣的手段进行反抗，并且嘲讽其指示。

而事实上，省长阁下断言病菌是“鲜红色的”，这是暗指煽动集团所喜爱的颜色，他们的出现腐蚀了西西里美丽的土地；马拉夏诺阁下确信病菌有 2402 条“腿”，是指在比沃纳及其周边鼓吹革命的秘密团体的具体信徒人数。

您不愿服从命令，更没有负起您的职责。

您被调任圣卢苏尔朱（撒丁岛）担任副省长助理一职，即日起执行。

部长

乔万尼·尼克特拉

G. 纳帕与 G. 库库路罗

律师事务所——特里那科里亚路 21 号——蒙特路撒

致尊敬的菲利普·杰努阿尔迪先生

维加塔

加富尔路 20 号

蒙特路撒，1892 年 4 月 1 日

亲爱的杰努阿尔迪先生：

我荣幸地通知您关于您所关心的手续问题。

属于斯台法诺·扎帕拉的若干继承人的 28 号地块不是自主地块，它被抵押给了西西里银行。所以这些继承人对该地块不能做主，只有银行事先同意，他们才有权处理此事。您肯定明白这一情况会使事情复杂化，并将延长问题的解决时间。也许有必要给我一些钱打点一下。具体情况如下：阿嘎缇娜·因格拉切弗·扎帕拉女士写信告诉我，总体上来说，如果能提前了解您打算支付的金额，她将会考虑允许您打洞；维琴佐·扎帕拉先生坚决不同意；潘克拉乔·扎帕拉先生与哥哥维琴佐立场相同；克斯坦提诺·扎帕拉先生倾向于同意；不同意的还有住在巴黎的卡尔切多尼奥·扎帕拉先生（因为他兄弟潘克拉乔是其受委托人）。一个特殊情况是，艾尔西莉亚·因皮罗马里·扎帕拉女士因为担心逆权侵占，所以只倾向于临时出让打洞权。

住在纽约的保兰东尼奥·罗布雷斯蒂先生还没有给我任何回复，依我看还需要些时日。在这点上，您这方面，就必定要将每个洞量化和货币化。（我故意使用“洞”这一个不恰当的词：如果我们使用“建造”或“挖掘”或者其他类似字眼，那么他们势必会漫天要价。）

贾卡罗内先生、曼库索先生和吉利贝托先生那边的问题，您解决了吗？

有消息请通知我。

致以衷心的敬意！

纳帕与库库路罗律师事务所

律师：约书亚·纳帕

邮电部

巴勒莫——鲁杰罗赛迪莫路 32 号——区办公室

尊敬的菲利普·杰努阿尔迪先生

维加塔

加富尔路 20 号

巴勒莫，1892 年 4 月 5 日

亲爱的朋友：

我偶然间发现，您寄给我的信件上的邮戳是巴勒莫的。您在巴勒莫？那为什么不来找我或卡尔塔比亚诺博士？他非常想认识您。

不管怎样，我先回复您的问题。

用来埋桩子的坑洞的量化和货币化并不难计算，只需参照前人的即可。所以，每个坑洞必须深两米、直径四十厘米。如果是在征税区域内开挖，通常包含其他地役权在内，每个坑洞要支付地块所有者十五（15）里拉；如果是在耕地上开挖，花费通常是五（5）里拉或七（7）里拉，例外情况除外。

我没有看到任何反对租赁或购买土地的。我想说的是，即使是临时转让也可以，因为临时转让不会低于十（10）年。而事实上，电话的政府授权有效期为五（5）年，到期后可以续订或撤销，但通常都会续订五年。

现在来看要害问题。

您告诉我，很难拿到几个地块所有者的许可，您建议用另一条路线来替代我提出的那条路线。

如果我接受提议，那么结果如下：前两百（200）米的埋桩将是直线的，然后就呈“之”字形走向，其中有很多处尖角状拐弯，因此大部分都是蜿蜒曲折的，只有最后三百（300）米才重回直线走向。

我马上要告诉您的是，这样的路径无法实现通信，因为它将会持续受到放电、嗡嗡声、嘶嘶声等干扰。

问题还不止这些。您所建议的路线，至少有两处地方，是与同一区域内的电报线呈平行走向的。

给您提供的阿德-贝尔电话机，为了加强话筒里的膜片震动，使用了感应线圈。这个线圈对近距离的电报线的寄生电流十分敏感，所以声音的接收会受到严重干扰，以至于无法听清。

当然您还要为您想要的八（8）公里长的埋桩线路买单，而不是您本来所申请的三（3）公里。撇去超额的费用不说，您本来申请的三（3）公里私用电话授权的手续必须撤销，得重新申办手续。请您相信我，在这种饱受折磨的经历之后，您将只能得到一个毫无用处的电话。

亲爱的朋友，在这方面我经验丰富：我看到的总是多花点儿时间和耐心，多付点儿里拉给那些贪得无厌的土地所有者，问题就迎刃而解了。有消息请您通知我。

致以衷心的敬意！

勘测员

（阿格斯迪诺·普里塔诺）

（私人保密信件）

致蒙特路撒警长先生

维加塔，1892 年 4 月 7 日

尊敬的警长先生：

感谢您对我如此客气，通过私人信件的方式为我发来皇家宪兵中尉伊拉里奥·兰扎-思科卡的信件的复件（它既不能算是一份报告也不能算是一份通告），就是那封他发给蒙特路撒省长阁下，而代理省长帕里内罗勋爵出于职责又转发给了您的信。

我该怎么说呢，警长先生？我感到非常失望。

维加塔皇家宪兵长期以来针对菲利普·杰努阿尔迪所做的那些事，丝毫不辟谣，可以称之为失去理智的顽固的迫害。我本来相信，换掉兰扎-图洛中尉，其他的指挥官上任事情就会好转。谁承想非但没有改变反而变本加厉了！

他们派来接任的伊拉里奥·兰扎-思科卡中尉不但是前任的嫡亲表弟，而且跟他串通一气，好得像穿一条裤子，请原谅我用词粗俗。

维加塔的所有人都可以证明，当兰扎-图洛中尉还在维加塔任职时，他的表弟兰扎-思科卡中尉时常来找他，两个人总是待在一起，一起沿着防波堤散步，一起在卡司蒂丽欧内咖啡馆吃冰激凌。有时两人还一起去蒙特路撒跳舞。

很明显，兰扎-思科卡中尉正在想方设法恢复他表哥的声誉，甚至以不公平对待杰努阿尔迪为代价，虽然杰努阿尔迪不是什么圣人，但也根本没想过要骗取保险金。兰扎-思科卡中尉这么做不是出于道德顾虑，而是出于他事业的不明朗出路。

那辆马达驱动四轮车，杰努阿尔迪看得比什么都重，曾经因为他岳父不让他买车，跟他岳父吵得不可开交：因为这辆车，很长时间以来二人的关系都很紧张。

即使杰努阿尔迪走投无路，要烧点儿什么东西来试图诈骗的话，他就算烧了木材仓库也不会烧了四轮车。

但杰努阿尔迪不用车的时候（不知何故马达时常发出类似爆炸的声音，他对此感到不解，这让他总是很恐惧），他专门把车放在仓库里，白天敞开大门以便让空气流通，不管谁从那儿经过，都能看到杰努阿尔迪堆积在仓库里的碳化钙。

再者，兰扎-思科卡中尉极其严肃地认为，杰努阿尔迪为了满足他的需要就能够算出保险公司对他的赔付金额？还是现金形式?!“房地亚保险公司”在西西里是出了名的强词夺理，为了不支付保险可以胡编乱造，杰努阿尔迪想从房地亚保险公司拿到一个子儿，那得等到他头发白了才行。

至于支付电话的钱，杰努阿尔迪还得去哭着求他岳父，每一米电话上都凝聚了他岳父无数的血汗。

如果您问我，对于烧毁四轮车的动机有何看法，我只能谨慎地回答您，我正在考虑。

并不像某人所说的这也许只是因嫉妒引起的一起破坏活动：车辆在维加塔出现这么长时间了，某些人天长日久或许就产生了嫉妒？

相反我认为，这在某种程度上应该是跟杰努阿尔迪经常来往的，按我们的话说是跟一位有头有脸的人有关。这个人通过加入黑手党和一些非法手段，取得了非常大的权力，是个非常难对付的人。很可能是杰努阿尔迪无意间犯的一个错误或者一次无礼行为，导致此人动用他的权力，而典型的报复行为也就是火烧橄榄园和乡村别墅。现在，更进一步了，到了火烧马达驱动四轮车的时候了。

我听到的一些传闻更加证实了我的推测：这位头面人物对一些土地主施压，不让他们同意杰努阿尔迪在他们的地里埋电话的桩子。

我借此机会发泄一下私愤，想必您仁慈善良，定会原谅我的。在维加塔工作满一年的时候，我曾提议将这位有头有脸的人物流放。

后来我从时任警长先生那里得知，该提议被蒙特路撒法院院长拒绝了（他也是现在的院长，所以继续坚持也是徒劳的）。

次年，我设法吊销了他的带枪许可证。但是，两个月之后枪就还给他了，还给他又是赔礼又是道歉。这还不够，那些袒护他的人还授予他诚实守法的称号！

我将牢记我的职责，一旦查清事实真相（而不是凭那些流言揣测），我就立刻报告您。

我再次请求您原谅我的情不自禁，但是那些错误的事情真的让我火冒三丈。

忠实于您的

维加塔公共安全特派员

（安东尼奥·多刺扎手）

又及：正如我先前给您讲的，兰扎-思科卡中尉想给他表哥恢复声誉，尤其是要恢复他在宪兵司令圣-皮埃尔将军面前的声誉。请允许我谦卑地提醒您，正是圣-皮埃尔将军从中推荐，并下令对兰扎-图洛中尉进行调任的。

内政部

公共安全司

司长

致西西里各省省长先生

致西西里各警局警长先生

罗马，1892年4月8日

今年四月七日，内政部部长阁下收到本司呈交的一份关于西西里公共安全状况的详细报告，特通告我如下事宜：

立即将发给我的报告，除了报告第2（二）页中标注为“略”的事宜之外，全部通知到岛上的各位省长先生和各位警长先生。诸位必须充分认识事态的严重性，必须采取果断措施阻止运动的进一步扩大，这场运动是对我们国家的长期破坏，也是一种耻辱。显而易见，那些流窜的煽动分子是自发纠集在一起的，而且非常明显而又真切的是他们的人数在不断增多，这是由于一些狡猾的挑事者利用了鸡零狗碎的琐事，为他们的群魔乱舞，为他们的恶贯满盈赢得了新成员。

各位省长先生和各位警长先生应该深知，法律自颁布到生效之间的时间是非常短暂的。

在此我谨转达报告中与涉及问题相关的部分。

……因此，很长时间以来，我们从岛内多地听到消息称，主要受马志尼影响而成立的众多工人互助会已自动解散。众所周知，这些互助会在那些每月缴纳一定金额会费的会员之间进行互助，但是最近他们为了毫无意义地提高工资，开始成为罢工和骚乱的带头人。毫无意义是因为农业处于贫穷的困境，硫黄和食盐的生产与出口下滑，经济发展停滞不前。但正是由于上述状况——这些状况不但将会持续，并且据合理估计还将恶化——所以我们开始怀疑这种不同寻常的现象正令人措手不及地蔓延：这些互助会为什么要在人们迫切需要它们的时候自动解散？尤其是吸收了大量铸造工人，名为“弗洛里奥”和“奥雷苔阿”的两个巴勒莫互助会解散了，这让我们非常震惊。

我们的可靠线人为我们提供了一个让人无法心安的解释：西西里岛的所有工人团体——除了极少数特例之外——在短时间内将各自解散，最终合并成为一个唯一的组织，该组织被命名为“西西里劳动者政治团体”（或者类似名称）。

我请各位阁下、部长先生试想一下，对国家、社会和秩序盲目仇恨，如此强大和活跃的一个组织能够产生多大的破坏力。

我们还了解到，目前骚乱运动的头目正聚集在巴勒莫（他们还将在此停留一段时日）准备起草组织“章程”，据了解，该组织只是“形式上”保留了互助的本意，而真正目的是要发动疯狂的罢工和大规模骚乱，从而达到彻底破坏我们文明社会的支柱的终极目标。

“政治团体”的部分未来头目的名字已经知晓，需要牢记他们的名字：

罗萨里奥·加里波第·博斯科（巴勒莫）

弗朗切斯科·马尼斯卡克（巴勒莫）

贾科莫·蒙塔勒托（特拉帕尼）

弗朗切斯科·卡西撒（特拉帕尼）

路易吉·马奇（卡塔尼亚）

吉·德·菲利切·朱弗利达（卡塔尼亚）

尼古拉·佩特里那（墨西拿）

弗朗切斯科·诺亚（墨西拿）

弗朗切斯科·德·卢卡（蒙特路撒）

他们可以或多或少地依赖下列西西里岛的众议员的支持：

（略）

以及下列具有自由思想或激进思想的人士的支持：

（略）

至此是那份呈交给部长阁下的报告。

同时附上参加集会的人员名单，其他参加集会的人员名单我们一旦查实也将发送给各位：

1）来自皮亚纳德以葛雷奇[①]的尼古拉·巴勒巴托

2）来自门菲的朱塞佩·比沃纳

3）来自卡尼卡蒂的卡勒梅罗·劳

4）来自圣比亚焦普拉塔尼的 L. 卡拉托佐罗

5）来自卡斯泰尔泰尔米尼的 G. 蒙德罗

① 今天西西里岛巴勒莫管辖下的皮亚纳德利亚尔巴内西（Piana degli Albanesi）的旧称。

6）来自格罗特的斯台法诺·狄米诺

7）来自维加塔的 F. 杰努阿尔迪

8）来自布尔焦的洛伦佐·帕内品托

9）来自蒙特路撒的 C. 里奇–格拉米托

10）来自瓦尔瓜尔内拉的奥勒斯特·特鲁皮亚诺

11）来自科尔莱奥内的贝尔纳尔迪诺·维罗

公共安全司司长

（朱塞佩·森撒勒斯）

《先驱报》

政治日报

社长：G. 奥多·博纳菲德　　　　　　　　1892 年 4 月 14 日

撬门入室不盗窃

本报驻维加塔记者向我们讲述了昨晚发生在那个小城的一件怪事。一伙不明身份的人笨拙地撬开了大门，进入了位于海洋路 100 号的皇家邮电局的办公室。次日早上，邮局负责人维多利奥·坦布雷洛先生发现有人入室盗窃，于是立刻通知了皇家宪兵指挥部。坦布雷洛先生在反复细致的检查之后惊奇地宣称，尽管办公室被翻得乱七八糟，但是不管是积存等待向外发出的邮件还是要向城里派发的大量邮件和邮包都没有丢失。一个抽屉里放了 300 里拉，抽屉被强行撬开了，但是钱没有被偷走。

排除了有人开玩笑的可能：这次虚张声势的始作俑者一旦被发现，必将付出沉重代价。皇家宪兵正对此事进行调查。

谈话系列之五

1. 坦布雷洛、隆吉塔诺勋爵和卡罗杰利诺的对话

“亲爱的坦布雷洛先生！很高兴见到您！您能来找我，我真是太高兴了！”

“尊敬的隆吉塔诺勋爵，这是我最大的荣幸！”

“一想到麻烦您来到蒙特路撒，我就无地自容，但事实是，我在这儿，在我兄弟家待了一段时间，由于上了年纪身体有些小毛病，而我兄弟是医生，可以帮我治一治。”

“您这是说哪儿的话？您哪里不舒服？我觉得您容光焕发，神采奕奕！”

“您知道我为什么派人去找您来吗？”

“我毫无头绪，不过我立刻就来了，因为我很高兴与您相见！”

“您这么想的？现在您站在我面前，我很不好意思，我感到很惭愧，因为我有一件蠢事要麻烦您。”

“即使没什么事儿，我也照样很高兴。您说，我听候您吩咐。”

“坦布雷洛先生，您知道吗？像我这样的老人，有时候变得跟小孩子一样，对什么都好奇，总是问个不停：这是啥？那又是啥？不管是老人还是孩子，当我们脑子里想着一件事的时候，我们就辗转难眠。我在关注他们撬了您在维加塔的邮局办公室门的事儿。我是从报纸上看到的。他们真的破门而入但是什么都没拿走吗？坦布雷洛先生，对我您可以敞开心扉，您跟我说的我会埋在心里，即使掉脑袋我也绝不会向外透露一个字。我只想知道真相：他们到底偷了什么？”

“堂罗罗，他们什么都没偷。我发誓。再说我有什么理由向您撒谎呢？”

“但是您真的十分确定，这些不明身份的人只是进了办公室？我的意思是，难道不是他们撬开门之后，而没来得及行窃？”

“我十分确定。只是信件和包裹放的位置和我前一天晚上放的不一样而已。”

“有很多邮件吗？”

“没有，很少。我口袋里有一份清单，这是我做给多刺扎手特派员的。他问过我，我还要把这清单带给他。在这儿，我给您念念。收入的邮件：卡特那药店的一个邮包（是一些这儿没有的草药）、尼古罗西公司的一个邮包（是从亚历山德里亚发过来的，确定里面是瓶塞子）、阿德丽娜·伽马古尔塔夫人的一封信（是她那个在罗马享乐的儿子写的，每次写信都是跟她要钱）、弗朗切斯科·德·多米尼骑士的一张明信片（是卡尼卡蒂那个小姑娘写的，那姑娘是他的情人，但他说是他侄女要来维加塔看他）、来自米兰的卡尔米内·罗皮帕罗先生的一张明信片（是他哥哥佩佩写的，他哥哥正在坐牢，嫂子跟狙击部队的军官跑了）。就这么多。现在来看要发出的邮件。有三封信和一个大信封。第一封信是菲诺奇阿罗夫人写给她嫁到特拉帕尼的女儿卡洛莉娜的（我认为他们夫妻关系不是很好，丈夫出轨，妻子要让他付出沉重代价）；第二封信是卡司蒂丽欧内咖啡馆写给都灵的帕乌塔索公司的（帕乌塔索公司生产的一款巧克力非常好吃）；第三封是罗莫纳克骑士匿名写给穆苏美奇医生的。大信封……”

“不，等一下，坦布雷洛先生。如果已经知道第三封信是罗莫纳克骑士写的，您为什么要说是匿名信？”

“因为他每次都写匿名信，这是众所周知的事情。他这是为了消遣。要不这个可怜的老头儿还能做什么呢？据我所知，他能成为骑士是因为他会书法。我要说的大信封仍然是菲利普·杰努阿尔迪的岳父给他寄到巴勒莫的。”

“为什么？菲利普·杰努阿尔迪搬家了？他不在维加塔

住了？”

“他没有搬家，但是可能为了生意或者为了女人的事情，他在巴勒莫有一个多月了。他岳父帮他把收到的信放到一个大信封里，给他寄到巴勒莫市坦布雷洛路上的一家旅馆，因为这条路跟我的姓氏一样，所以我记得很清楚。”

“那么他们要找什么呢？”

“我猜不出来。相反，堂罗罗，我想请您帮个忙。”

“只要是我能做到的。”

“我想说，如果您知道了什么……我解释一下，如果您知道了他们为什么要那么做……我也不知道，我自问他们万一是为了侮辱我一下……为了给我一个警告，谁知道呢……”

“您想什么呢？侮辱、警告像您这样的正人君子？不管怎样，请您放心：我如果知道了什么，通知您是我应该做的。”

“勋爵，那我告辞了。吻您的手。请您留步。”

“再见，亲爱的朋友。”

……

“卡罗杰利诺！你可以出来了，坦布雷洛先生走了。”

“听候吩咐，堂罗罗。”

“你在另一个房间里都听到了吧？”

“是的。杰努阿尔迪的地址是巴勒莫，坦布雷洛路上的一家旅馆。我立刻动身。”

“不，等等。我想巴勒莫我还是亲自去一趟吧。在此之前还有些事情要做。你得去找一下曼库索骑士，一会儿我告诉你该怎么做。但是你听到了吗，这个坦布雷洛嘴巴多严？我千方百计地套他的话，他才把皮波·杰努阿尔迪的地址告诉了我。但是他不可能告诉任何人我特意问过他这件事。对吗？”

“您料事如神，堂罗罗。”

“那么你想知道另外一件事吗？当他告诉我他口袋里有份要交给多刺扎手的清单，因为多刺扎手问过他，所以我确定多刺扎手是个真的条子。所以我这个想法，他也会先一步想到。”

“什么想法，堂罗罗？”

“卡罗杰利诺，二加二等于几？”

“等于四，堂罗罗。”

“篮子里是什么，卡罗杰利诺？”

“鲜奶酪，堂罗罗。”

“所以呢？”

“所以什么，堂罗罗？”

“你听我给你解释。我们假设一个出纳员偷了他上班的那家银行。为了避免被发现，你觉得该怎么做？当然是解释成一伙小偷进了银行，把钱偷走了。对吗？但是进了邮局办公室的小偷什么都没偷，由此可见坦布雷洛与此事毫无干系。这个推理合乎逻辑吗？”

“高见，堂罗罗。”

“同样可以得出结论，这些小偷是假的。”

“这我就不明白了，堂罗罗。”

“一个真正的小偷会不会拿走办公室抽屉里的三百里拉？”

“会。”

“噢，这就对了！所以意思就是他们不是找钱，而是找其他东西。那么邮局里什么东西最重要？”

“我不知道，堂罗罗。”

“是邮件，卡罗杰利诺。”

“可是坦布雷洛说他们没偷邮件？”

“不需要偷走，只需要看看就行了。这些假贼在找一个地址。”

“天啊，堂罗罗，您这是长了颗什么脑袋！”

“一个秘密的地址，所有街坊四邻都不知道的地址。”

“皮波·杰努阿尔迪的地址！”

“你看你明白了不是？但是谁对他的地址这么感兴趣呢？他家里人肯定都知道这个地址，但是不会往外说。那么是谁呢？皮波的某个朋友？如果是一个可靠的朋友，杰努阿尔迪的家里人应该会告诉他地址。他的死对头？但是皮波没有这样的死对头，冒着蹲监狱的风险就为了知道他在巴勒莫住哪儿。我们有三方跟他有矛盾。而我跟这件事没有关系。多刺扎手特派员也不可能，毕竟他真的问坦布雷洛要了邮件清单。我敢肯定他一看到那份清单就会确定他脑海里闪过的那个想法。那也是我的想法。”

“啥想法，堂罗罗？”

“他们是王室。是军队。是宪兵。”

“妈呀。”

2. 卡罗杰利诺和曼库索骑士的对话

“我，是有尊严的，亲爱的卡罗杰利诺先生！麻烦您告诉隆吉塔诺勋爵！我不是木偶！”

“曼库索骑士，没人说您是木偶或者是没有尊严的人。”

“您是没说，勋爵也没说，但事实上你们就是这么想的！”

“骑士，我发誓我们没这么想过。”

“不，先生！不，先生！你们既然真的有胆子建议我做你们现在正在建议的那件事！这就意味着你们想了，你们想着我是个木偶！”

“胆子、尊严……骑士，您这都用的什么词儿啊？我通知您，是为您好，您不要不知好歹。您该知道，事情有变。我来解释一下？骑士，想法那东西都是屁，说来就来说走就走，只有事实才是重要的。就比方说，其中一个事实就是勋爵正在让西西里银行录用您儿子。所以我们就不要想那烦人的想法了。”

“您应该理解我，卡罗杰利诺。堂罗罗让您来找我是因为他想让我写封信给菲利普·杰努阿尔迪，现在，我要把信交给您，您会把信送给他。是这样吗？”

“是的，您说得没错。”

“依然是按照隆吉塔诺勋爵的意思，在这封信中我要告诉他我允许他在我的地里埋电话桩子，并且不用他付一个子儿。我理解得对吗？”

“您理解得对。”

“就是这个让我犯难。”

“为啥？”

“因为我已经拒绝了菲利普·杰努阿尔迪，也是按照勋爵的命令做的。”

“是建议。”

“好吧，勋爵的建议。”

“那么有什么难处？”

“可是上帝啊，我该怎么跟皮波·杰努阿尔迪解释，我突然改变想法了？”

“当您拒绝他的时候，您给他理由了吗？”

“没有。我就干巴巴地给他说了个不行，然后就完了。”

“那么现在您就干巴巴地给他写个行，然后就完了。”

“不需要皮波·杰努阿尔迪给我说点儿什么？不需要他回来请求我给他许可？依您看，我是那种一天早上说可以，第二天早上就说不行的人吗？那我成什么了，一个没主见的人？墙头草？”

“那么您想怎么办？”

“我不想写信。我不想丢脸。”

“丢脸总比……”

“什么？”

“比方说，比丢屁股强。再打个比方说，或者说是您儿子的位子。再见，曼库索骑士。我回头禀报勋爵您不想帮他这个忙。”

“请等一下，您这么急做什么呀？圣母呀，您至少也让我稍稍发发牢骚啊！”

3. 堂内内和特派员的对话

“早上好，斯奇里洛先生！”

“多刺扎手特派员！怎么了？发生什么事儿了？是……发生什么了吗？”

“是您女婿吗？菲利普·杰努阿尔迪？”

“不，您这是说什么呢？为什么我女婿皮波要发生什么事呢？您看，这不是大家每次看到有执法人员上门，都会想出十万件事情来嘛。”

“在这十万件事情当中，首当其冲的就是皮波·杰努阿尔迪，因为他是唯一一个不在维加塔，而在巴勒莫的人。”

“特派员，我女婿皮波搬到巴勒莫有一段时间了……对了，您能告诉我您怎么知道他人在巴勒莫……因为在我的支持下，他想扩大木材仓库的生意。他需要签合同，见很多人，跟批发商洽谈……我解释得清楚吗？”

“斯奇里洛先生，我们打开天窗说亮话吧。菲利普·杰努阿尔迪去巴勒莫不是为了生意，而是为了躲起来。”

“噢，天哪！您脑子里冒出来的这是什么想法啊？”

“冒出来的是真相。您就不会演戏，不会撒谎，您的脸都红了！斯奇里洛先生，我来打扰您是因为我认为您女婿受到两方面的迫害。”

“两方面？”

“很明显，您感到吃惊是因为您只知道正瞄着他的其中一方：隆吉塔诺勋爵。”

“那么另一方是谁？”

“另一方，简而言之，是半个意大利国。”

“您是想看着我昏死过去嘛！您跟我说什么？您等会儿，我要把窗户打开，因为我喘不过气来。噢，圣母啊！”

“斯奇里洛先生，您要坚强。如果您都吓破胆了，吓成这个样子，那我就什么都不给您说了。”

“您干什么，开玩笑？您必须把所有事儿都告诉我！”

“有个条件：您也要把所有事儿都告诉我。”

“当然。都到这步田地了，也没有什么好藏着掖着的了。”

“我先声明一件事。我不是作为公共安全特派员跟您讲话，而是作为安东尼奥·多刺扎手，私人身份，如果您允许的话，我作为朋友跟您讲话。”

“您真的吓到我了。”

“那么，我从头开始说吧。有一天，您的活宝女婿冒出个倒霉的念头，他想申请跟您家的电话连线许可，所以他就写了三封信给蒙特路撒省长。但是他搞错了，因为这件事不归省长管。”

“他给他写了三封信？为什么？”

“因为省政府一直没有给他回复。但是由于一系列复杂的状况，省长坚信菲利普·杰努阿尔迪是一名危险的煽动分子，一名颠覆分子。”

“所以就把他抓起来了！皮波，连投票都从来没去参加！”

“这个不仅不能作为辩解的理由，反而会适得其反：杰努阿尔迪先生不去投票是因为他不相信这个国家，他想按照他的意愿去建立另外一个国家。明白吗？”

“那么我纠正一下：皮波对政治从来不感兴趣，他连政治是什么都不知道。”

“您听我讲，请让我把话说完。唯一确定的事情是他们抓过他并且留了案底。如果不是在我的请求下，警长从中斡旋，现在您女婿还在牢里呢。”

“我非常感激您和警长先生……”

“好啦，好啦。现在您必须清楚，就在这几天，西西里岛所有的工农运动首领在巴勒莫汇合。宪兵队一直坚信您女婿参与了这个社团，他们也成功地发现了他的地址。”

“那怎么办？”

“怎么办，怎么办……顺其自然，这样对您对我都好。他们知道他在巴勒莫，知道他住哪儿，他们将会用尽一切手段陷害他，以证实他是颠覆集团的成员。为了挽回颜面他们必须这么做。这是国家这方面将会做的。而涉及黑手党那方面，也就是隆吉塔诺勋爵那方面，则是您必须给我讲明的。他们两人之间肯定发生过什么事情。我敢保证，斯帕拉皮亚诺公司拒绝继续提供木材，那些土地所有者不同意他埋桩子，火烧四轮车，这些事情都是我们的堂罗罗干的。您怎么了，哭了？”

“是的！因为我想到我这可怜的女婿，被国家和黑手党两方夹击！”

“杰努阿尔迪并不孤独，也许这可以让您感到安慰。有四分之三的西西里人受到国家和黑手党的两方夹击。我们不能再浪费时间闲谈。现在形势很严峻。所以，有两件事必须去做。第一件，皮波·杰努阿尔迪要立刻换地方，不能再待在巴勒莫。第二件，您不能再给您女婿写信。有人想得到他的新地址的话，通过邮件用这种或那种方式总能得到。”

“特派员，您看，现在有个机会。我妻子莉莉娜身体不舒服，妇科的问题。两三天后她姐姐陪她到巴勒莫去看专家。我让莉莉娜去通知他所有事情，这样我们就保险了。”

“很好。那么现在您跟我说说皮波和堂罗罗之间的事吧。”

4. 隆吉塔诺勋爵和皮波的对话

“太巧了，实在是太巧了！”

“堂罗罗！您怎么在这儿?！噢，圣母啊！我要死了！”

“杰努阿尔迪先生！杰努阿尔迪先生！您怎么了，晕倒了？想装死，这婊子养的！看我怎么弄醒您！”

“噢，天哪……您打我?”

“对，这样您就醒了。”

“噢，天哪……您想用木桶打死我?”

“什么木桶！什么味儿这么臭?”

“勋爵，我拉到裤子上了。首先……您能让我做个祷告吗？我能念诵《悔罪经》吗？天主耶稣，我一心痛悔……”

“杰努阿尔迪先生，省省吧，不要装模作样了。”

“圣母玛利亚啊，我好冷啊！好冷！我能在肩上盖条毯子吗?”

“如果盖好了，您就不能再掉眼泪了。”

“眼泪是它们自己要流的。圣母玛利亚啊，好冷啊！我浑身发抖，我在发抖。”

“杰努阿尔迪先生，不要激动，听我讲。像我这样病痛缠身，不辞辛苦地从蒙特路撒来到巴勒莫，就是为了把我和您之间的问题解决了。”

“请原谅，怎么解决，武力？”

“当然。”

“噢，天哪！噢，圣母啊！您为什么掏出左轮手枪？您想杀我？天主耶稣，我一心痛悔……”

“安静！闭嘴！”

“如何？我如何闭嘴？我禁不住要哭，要说，要祈祷……”

“您看，让您感到害怕的这把左轮手枪，我把它放在屉柜上，离我很远了。”

“圣母啊，我要热死了！圣母啊，好热啊！我浑身都出汗了。您能帮我开一下窗户吗？我不能动，如果我从床上起来，我就要摔倒了。”

“我们给大少爷开开窗户。这样您拉到裤子上的屎味儿也能散一点儿。但是您看好了，现在窗户打开了。”

“您这是什么意思，啊？窗户开了是什么意思？”

“意思就是，如果您不听话不老实听我讲的话，我就把您从这扇窗户扔出去。”

“我听话。我老实。您讲吧。”

“那好。您的岳父，斯奇里洛先生，前天来找我……”

“是他把我在巴勒莫的地址告诉您的？”

“不是。”

“那么您是怎么……”

“我是自己想办法知道的。您不要再打断我说话。别人打断我说话，我就会变得焦躁不安。我们言归正传。您岳父来给我解释说，我们之间是个误会。长话短说，他向我发誓说，您和萨萨·拉菲乐里塔没有合伙耍我。”

“我也向您发誓！如果我说谎就让我变成瞎子！”

“我跟您讲过，闭嘴！我相信了您岳父的话。”

“噢，圣母啊，我感谢你！”

“只是一半儿。”

“一半儿？一半儿是什么意思？您是温水煮青蛙慢慢折磨我吗？”

“一半儿。因为我需要确凿的、明显的证据来证明您和萨萨之间没有勾结。”

“好的。您告诉我这个确凿证据是什么……您告诉我您想让我怎么做，我就去做。”

“这样就对了。我还给您带来了两封信。您是想一会儿看呢，还是想让我告诉你信里写的是什么。一封是斯帕拉皮亚诺公司写的，说是他们搞错了，他们请求您原谅，并且他们完全准备好了给您提供您所需要的木材。”

“您开玩笑吗？”

“我从不开玩笑，不管在这件事上还是其他的事上。第二封信是曼库索骑士写的。他说他再次想过了，您可以在他的地里打洞，想打多少打多少，他不收一个子儿。高兴吗？”

“请您原谅我，由于高兴我的胃又开始蠕动了。”

“您还要再坚持五分钟。马达驱动四轮车呢，我正在跟保险公司的一个朋友想办法，让他们不要弄那么多幺蛾子，直接赔钱。我用这件事来向您证明我相信了您岳父的话。这就是一半儿。”

“那另一半儿呢？”

“难就难在这儿。我先告诉您另外一件事：您要警惕宪兵队，他们坚信您跟颠覆分子是一伙儿的，他们还晓得了您在这儿的地址。所以他们肯定在监视您。”

“圣母啊！随便什么人都知道这个地址了！他们怎么知道的？”

“这个不提了。”

“我怎么才能让他们改变想法？”

“让宪兵？改变想法？可是当他们执意要做一件事的时候，上帝也改变不了！还好多刺扎手特派员对您持有不同的看法。”

“我又开始觉得冷。圣母啊，好冷啊！我全身打颤。您能把窗户关上吗？我腿不好。”

“关上了。继续回到我们的谈话上：您知道您朋友萨萨·拉菲乐里塔的准确地址落到我手里了吗？就写在这儿呢，在这个小纸片上。”

“您为什么把它放在屉柜上？如果您要去找他，您就用得着啊。”

“我？我不用。”

“您派别人去？”

“没错儿。就是您。所以我把手枪和地址留给您了。”

“我？！那我要给他说啥？”

“您什么都不要给他讲。您去找到他，然后朝他开枪。”

“我的天哪！”

“要不然，挨枪子的就是您！”

文书系列之六

维加塔皇家宪兵指挥部

致蒙特路撒省长阁下

维加塔，1892 年 5 月 4 日

主题：菲利普·杰努阿尔迪

尊敬的阁下！

严格遵照公共安全司司长，高级军官森撒勒斯颁布的指示，巴勒莫警长先生发紧急电报通知，所谓的“劳动者政治团体”的第一次会议于今年 4 月 28 日在巴勒莫召开。

在今年 4 月 8 日公共安全司司长发出的通报中，列出了已经能够确认的参加会议的那些危险的颠覆分子名单，菲利普·杰努阿尔迪的名字赫然在列。

因此，本指挥部绝对有义务让阁下获悉下列事宜：

1）经证实，上面提到的杰努阿尔迪已经很长时间不在维加塔，我们马上直觉地意识到他去外地不是（像他家人散布消息说的那样）为了处理生意上的事情，而是为了策划他那些黑暗的阴谋。因此我们派了我们的一个便衣宪兵，找了个简单的借口，问杰努阿尔迪的岳父埃马努埃莱·斯奇里洛要他的地址。而他家人明显局促不安，显得知而不言，逃避问题。他亲属的这种态度更加坚定了我们的直觉。

2）优秀的保兰东尼奥·利卡里奇中士坚持不懈地寻找杰努阿尔迪，他向我们递交申请，请求允许他的一个大胆计划，也就是找出这名煽动分子的准确地址。起初，鉴于该计划的危险性，一旦失败，那将毋庸置疑地损害到利卡里奇的前程和宪兵队的良好声誉，所以我对此坚决反对。宪兵特隆巴托勒也想加入他的上司兼朋友利卡里奇的行动中，尽管二人不断申请，但我仍然坚持最初的决定。但是公共安全司司长的通报指出了形势的严峻性，同时敦促采取行动，这也就打消了我的所有疑虑。

我们谨慎而又周密地实施了这份大胆的计划，取得了期望中的辉煌成果：我们获悉了杰努阿尔迪的地址。

3）我们获知杰努阿尔迪住在巴勒莫坦布雷洛路的一家旅馆，我们正式通知了巴勒莫皇家宪兵司令部，他们立即对此人开始进行严密的监视。

4）目前巴勒莫皇家宪兵的每日报告中没有显示杰努阿尔迪有任何可疑行动，但这就和公共安全司的通报以及之后巴勒莫警长在报告里指出的他参加了“劳动者政治团体”成立庆典与筹备会议的事实矛盾了。想必他是用了什么法子神不知鬼不觉地躲过了宪兵的严密监视。

您熟知我们是“沉默着服从并沉默着死亡[①]”，所以我们让阁下获悉上述事情，不是为了虚荣地炫耀功劳，而是为了获知杰努阿尔迪一旦回到维加塔后我们所要采取的应对措施。

请阁下原谅我们的冒失，对于像杰努阿尔迪这样有着强大的逃脱能力（有时感觉他有分身术！）和巨大的社会危险性的一个人，也因为维加塔公共安全特派员安东尼奥·多刺扎手的不寻常态度，他不但不愿意行动，甚至对我们调查杰努阿尔迪持敌对态度，所以我们认为，仅仅对杰努阿尔迪进行监视，尽管监视得越来越紧密，这也是绝对不相称的、毫无意义的措施。当然特派员的行为无关纵容，而是一时糊涂。

也许，针对杰努阿尔迪这种情况，限制令会更合适。

尽职尽责的

皇家宪兵中尉指挥官

（中尉伊拉里奥·兰扎-思科卡）

① 此句出自意大利诗人科斯坦蒂诺·尼格拉（1828—1907）的诗歌《诺瓦拉的检阅》，成为意大利宪兵的座右铭。

蒙特路撒皇家省政府

省长

致高级军官

阿里戈·蒙特利奇

蒙特路撒警长

蒙特路撒，1892 年 5 月 6 日

警长先生：

此番来信是为了告诉您，我的健康状况已基本好转，您肯定听说过关于我跌倒几近致残的所有细节，现在我又可以重新牢牢地将省政府的缰绳握在手里。事实上缰绳在握已有数日。

此外我还要通知您，在我的紧急申请之下，我的前任办公室主任，克拉多·帕里内罗，已经被调往萨萨里省（撒丁岛）政府担任档案总管一职。

这个卑鄙小人对我做出的举动是肮脏可耻的。生活欲使我经历严酷考验，让我短暂昏迷。而他借此刻意对我瞒报那些需要我迅速介入的事情。他对此并不满足，还以我身体状况恶化为由反对请愿者的正当抗辩，就这样我成为了众人眼中的废物、省政府的累赘。帕里内罗的斑斑劣迹，我多说无用，此外，您应该对其劣行十分清楚。

我要告诉您的是，自昨天起，我任命贾科莫·拉菲乐里塔博士为我的办公室主任，他是位诚实而高尚的人，是他向我揭发了帕里内罗害我的那些阴谋诡计。

另外，拉菲乐里塔博士还认为有必要让我知道他怀疑我摔下楼梯不是意外，而是帕里内罗耍的手段，因为他出于对权力的极度渴望，想取代我管理整个省。可惜拉菲乐里塔博士不能提供证据，否则我十分乐意到司法部控告我的前任办公室主任企图谋杀。

还有一事供您参考，我要求拘捕目前人在巴勒莫的菲利普·杰努阿尔迪的请求得到了巴勒莫皇家宪兵指挥部司令的采纳。这是我在收到维加塔皇家宪兵指挥部的一份详尽报告后做出的应对措施，并且随信给您附上该报告。之前兰扎-思科卡中尉就已经指出了杰努阿尔迪的危害性，但是帕里内罗出于不可告人的目的，没有将此向我禀报，他向我隐瞒了相关的通知。

我以官方正式名义，要求您按照纪律起诉您的属下，维加塔公共安全特派员安东尼奥·多刺扎手，此人一直妨碍皇家宪兵的精准行动。

兰扎-思科卡中尉宽宏大量，排除了杰努阿尔迪和多刺扎手之间的任何勾结嫌疑。但是我认为恰恰相反，我担心有其他高层官员勾结其中。但是先到此为止吧。

此致

敬礼

省长

（维多利奥·马拉夏诺）

（私人保密信件）

致蒙特路撒警长先生

维加塔，1892 年 5 月 8 日

警长先生：

我们要从头开始了！我不知道我该笑还是该哭。虽然愤怒让我热泪滚滚，手打哆嗦，但我还是尽量有条不紊地回复您。

在公共安全司的通报中提到的 F.（加点的）杰努阿尔迪，在巴勒莫警长先生发给岛内同僚们的通知中仍然是以加点的字母 F 出现，不一定像维加塔皇家宪兵队所说的，他一定叫菲利普，他的教名也可能是比如菲利贝托、费得里科、弗勒维奥等等。

事实上此人名叫弗朗切斯科 · 杰努阿尔迪，现年 42 岁（所以比菲利普 · 杰努阿尔迪大十岁），是切蒂娜 · 芭乐西与尼可洛 · 杰尔兰多 · 杰努阿尔迪的儿子。他确实出生在维加塔，所以户口是在本地登记的，但是三岁时随父母去了巴勒莫，一直在那儿定居到如今。

准确地说，弗朗切斯科·杰努阿尔迪与菲利普·杰努阿尔迪没有任何亲属关系。

西西里的所有警局和特派处很早之前就知道弗朗切斯科·杰努阿尔迪，因为他是一个爱好暴力、斗殴、酗酒，随时准备煽动暴动的人。他曾多次被判刑。

出于与皇家宪兵队完全不同的目的，我特地请求巴勒莫同事巴蒂亚拓·维琴佐监视杰努阿尔迪的行动，我昨天收到了他寄来的报告（随信为您附上），他的报告完全可以证实菲利普·杰努阿尔迪根本没有参加"劳动者政治团体"的成立仪式的念头。

我事先声明，我是通过取得了杰努阿尔迪岳父的信任，轻易地得到了他的地址，而维加塔皇家宪兵队是通过足以判重刑的非法手段取得的（我不愿向您说起此事；如果您了解了此事，您就要起诉他们了）。

警长先生，我现在正在巴勒莫监视菲利普·杰努阿尔迪，因为我担心他的生命安全。

我深信，正如我曾经写信告诉您的一样，最近发生在杰努阿尔迪身上的这些不幸都是由那位君子暗中操纵的，我曾跟您提及过此人，他的名字就是堂卡罗杰罗（罗罗）· 隆吉塔诺，勋爵（！）

我甚至还了解到，近日隆吉塔诺逼迫其中一名土地所有者菲利普·曼库索写信同意（起初是拒绝了）在涉及的地块埋电话桩子。与此同时，隆吉塔诺还让斯帕拉皮亚诺公司放弃了原本不再给杰努阿尔迪提供木材的决定。

这让我感到更加担心。不了解黑手党的手段的人可能会相信，这是隆吉塔诺发出的和解信号。实则不然。他正在操控杰努阿尔迪的意愿，用的就是农民想让停止不前的驴子乖乖走路的手段：大棒加胡萝卜。

我正在思考的问题是：隆吉塔诺究竟想让杰努阿尔迪走上哪条道儿？如果杰努阿尔迪死活不从，隆吉塔诺是不是将会使用大棒直接把他杀了？同时，我事先向您透露一件事，您将在我的巴勒莫同事巴蒂亚拓的报告中找到此事的详细叙述。在坦布雷洛路的旅馆的逗留期间，杰努阿尔迪只与人见了两次面：第一次是与隆吉塔诺（千真万确），见面持续了一个多小时；第二次是和他岳父的年轻妻子，见面时间超过了四小时。在最后这次会面之后，杰努阿尔迪就失去了踪影，就这样从蒙特路撒省长的逮捕令下逃脱了。

有些事情正在发生：杰努阿尔迪走上了隆吉塔诺想让他走

的道路，或者，他不愿屈从，也许按照他岳父通过妻子莉莉娜夫人转达给他的建议，他逃跑了。

我无法要求巴勒莫同僚们大力协作，毕竟他们目前正忙于将那些政治分子列入警方档案，无暇顾及黑手党。请您原谅我倾吐我的不快。不管怎样，我们回到省长的那封信上。我想给您说的是，如果您觉得合适的话，我立刻辞职。

对您发自内心的忠诚。

安东尼奥·多刺扎手

《巴勒莫日报》

社长：G. 罗曼诺·泰比　　　　1892 年 5 月 9 日

企图制造车祸谋杀

昨日，罗萨里奥·拉菲乐里塔会计正从位于奥雷托路 75 号的住所往外走，隐约发现大门口附近有人在等着他，便突然开始发足狂奔。事实上，那个人看到拉菲乐里塔之后，就朝他开了一枪，打中了受害人的左小腿。枪声使得附近一匹拉着满载水果的马车的马受惊。马发疯似的狂奔，马车撞向已经躺倒在地的拉菲乐里塔。

一名正从此经过的狱吏安杰洛·西约内罗先生身手敏捷地制服了枪手，目前涉事枪手已被拘捕。嫌犯菲利普·杰努阿尔迪，现年 32 岁，住在维加塔（蒙特路撒省）。对于所发生的事情，他不想发表任何说法，只是用绝对的沉默来进行掩饰。

最为古怪的是：杰努阿尔迪于本月 8 日刚刚取得主管部门

发放的临时携带武器证，仿佛杰努阿尔迪在等持枪合法后进行谋杀。

拉菲乐里塔在“真福童贞玛利亚医院”接受治疗，除了左腿受伤之外，马车的撞击也造成了他身体的多处骨折以及严重的脑震荡。

公共安全司正在调查。

《巴勒莫日报》

社长：G. 罗曼诺·泰比　　　　　　　　1892 年 5 月 10 日

针对杰努阿尔迪的新指控

菲利普·杰努阿尔迪，现年 32 岁，维加塔人，由于企图谋杀会计罗萨里奥·拉菲乐里塔被关押在乌查尔顿监狱，现在又因为进行煽动性活动、参加叛乱性集会、企图欺诈“房地亚保险公司”、纵火、扰乱公共秩序的罪名而被下令防范性羁押。

这项措施是由我们的法庭应蒙特路撒省政府的要求颁布的。

杰努阿尔迪仍然没有说明他的行为动机，他指定奥拉齐奥·鲁索托律师作为他的辩护律师，鲁索托律师是巴勒莫法院的一位杰出人物。我们获悉，会计师拉菲乐里塔的总体状况依然很严重。除此之外，医院院长彼得·狠吃医生证实，病人由于脑外伤而完全失忆。

拉菲乐里塔的哥哥贾科莫博士目前就任蒙特路撒省长的办公室主任，他以罗萨里奥·拉菲乐里塔的名义，作为原告方，要求杰努阿尔迪进行民事赔偿。代表他出庭的将是里纳尔多·鲁索托律师，即杰努阿尔迪的辩护律师的弟弟。贾科莫·拉菲乐里塔博士详细说明，里纳尔多·鲁索托律师的授权仅涉及故意伤害罪的部分。

内政部

公共安全司

司长

致西西里各省省长先生

致西西里各警局警长先生

罗马，1892 年 5 月 16 日

各位阁下与各位先生无疑已经获悉，自刚刚过去的 5 月 5 日起，由乔万尼·焦利蒂阁下领导的新一届政府开始就职。

鉴于内政部长阁下发给我的通知，自第一次内阁会议，焦利蒂首相就明确表示，有些人以或明显或不明显的方式表达了，并且要继续表达社会变革的思想，对此他下决心就目前警方对所有这些人持有的态度进行实质性改革。

此外，焦利蒂阁下还补充说，保证所有公民思想自由、言论自由和结社自由的可能性，这是他的决心，并表示他将亲自监督，以便各级主管部门将他的决心落到实处。

因此内政部长阁下将下列条文发送给我，各位必须严格执行，不得有任何官僚主义的延误：

1）立即停止建立警方档案。

2）立即停止所有的邮件拦截与检查。

3）立即停止跟踪、搜查等。

4）立即停止将关于任何公民的政治信仰方面的信息提供给银行、国家机构、机关团体。

5）将由于政治原因扣押的所有证件归还给持有人。

本司随时回答有关该议题可能带来的任何疑问。

如果出现暴力行为或扰乱公共秩序的行为，不言而喻，应该同以往一样，按现行刑法典进行处理。

祝各位阁下、各位先生工作愉快。

公共安全司司长

（朱塞佩·森撒勒斯）

又及：按照上届鲁迪尼政府的命令，仅在收集资料方面就做了大量工作，我认为，所有已收集的资料（卡片、报告、地址、匿名信等各类结果）不应毁掉也不应烧毁，应该按文件夹分类归档以备随时可查。

（私人信件）

致维多利奥·马拉夏诺阁下

蒙特路撒皇家省政府其私人住所

罗马，1892 年 5 月 18 日

亲爱的马拉夏诺：

我非常高兴收到您今年 5 月 10 日发来的书信，信中您告诉我，您在重重地摔了一跤之后，现在健康状况好转，请您相信我，我对此真的感到非常高兴。

我马上坦诚地切入正题。

我从多方得到消息称，您“武断地”下令逮捕了维加塔一名名为菲利普·杰努阿尔迪的人。

我对此进行了全面调查，不是要质疑您的行为，而是为了保护您不在无意间做出错误举动，也是因为新政府以全面安抚民众情绪为指导方针。

然而，调查证实您的控告是建立在（如果不是证据错误的话）证据不足的基础上。当然，您一定是被错误信息误导了。

您是知道的，为了帮助一位我觉得难能可贵的人，我会让他平步青云，正如那句话所说，帮助他迈出蹒跚的第一步。所以我以父辈的身份建议您，为了您自身的利益考虑，如果杰努阿尔迪不是由于非政治性罪行被关押，那么请您立即释放杰努阿尔迪。如果非政治性罪行成立（似乎成立），杰努阿尔迪就要留在监狱，但是他就不能自称他是被代表国家的人员迫害了。

我给您特批一个月的假期进行疗养。

致以亲切的问候。

朱塞佩·森撒勒斯

蒙特路撒皇家省政府
省长

致巴勒莫刑事法庭法官
高级军官蓬皮里奥·特里费罗博士

蒙特路撒，1892 年 5 月 19 日

主题：菲利普·杰努阿尔迪

法官先生：

我在此提醒您，现在我做出明确指示，立即撤销对上述人物进行煽动性活动、扰乱公共秩序、纵火、企图欺诈“房地亚保险公司”这些罪名的指控。

这些罪名都是由于维加塔皇家宪兵指挥部指挥官的应受惩戒的失职造成的，他不仅将人物可悲地张冠李戴，还认为该杰努阿尔迪为了谋利而犯下了一系列罪行。

您一定明白本次撤销指控对我来说要付出多大代价，但是“吾爱吾师，吾更爱真理”！

请原谅我给您带来的不便，您的

蒙特路撒省长

（维多利奥·马拉夏诺）

皇家宪兵总司令部

西西里地区总司令

致维加塔皇家宪兵指挥部

伊拉里奥·兰扎–思科卡中尉

巴勒莫，1892 年 6 月 10 日

中尉!

您不但为蒙特路撒省长阁下做事极度轻率，而且还对部分国家最高当局成员表示嘲讽，您这么做的目的我目前还不得而知，但是随着今天由我发起的对您的调查，事实一定是会水落石出的。

因此，我对您的不得体行为做出下列决定：

1）给予严厉批评，记入您的鉴定评语册；

2）拘留 20（二十）天；

3）在即将到来的 8 月 30 日之内，不得逾期，调往奥里斯塔诺（撒丁岛）皇家宪兵指挥部任下级军官。

总司令

（卡罗·阿贝托·德·圣-皮埃尔）

谈话系列之六

1. 奥拉齐奥·鲁索托律师的法庭辩护

……在还没有进入开庭的事实论辩之前，请宽恕我这冗长的开场白……天哪！我刚刚是这么说的么？审判长先生，各位审判员先生，请你们帮帮我，求你们了！我刚刚是说“没有进入事实论辩”吗？好吧，先生们，我错了！这是第一次，奥拉齐奥·鲁索托律师被迫公开承认他错了，承认他犯了一个极为严重的错误！因为到目前我所陈述的这一切，相反都与本案有关，极其有关！因为同样的方式，我的委托人，菲利普·杰努阿尔迪，他看着自己，由于一次平常的张冠李戴，变成了一名否定上帝、否定祖国、否定家庭的叛乱分子，我以同样的方式重申并着重强调，这里正有把杰努阿尔迪的慷慨无私的举动变成犯罪行为的危险。

误判，先生们，这是每个诉讼案件都面临的巨大危险。拷问每位身在司法界彻夜不眠的人的头脑、心灵和情感的问题总是一样的：我正在犯错吗？

所以，我将严格遵照消除了一切疑点的、具体而沉重的事实。

证人帕塔内·乔万尼，他经营的果蔬摊点正好位于会计师拉菲乐里塔住所的大门旁边，他以起誓声明，他看见杰努阿尔迪掏出左轮手枪朝空中开了一枪。

证人卡尼斯特雷洛·帕斯夸莉娜，流动商贩，她以起誓声明，她看见杰努阿尔迪“朝雀儿放枪”，正如她生动的描述：朝雀儿放枪，也就是说朝空中开的枪。

你们愿意听我不胜其烦地列举另外七位证人一致起誓声明的事情吗？难道他们所有人都不清楚，都发了伪誓？如果是这样，检察官先生，我正式请求您以做伪证的罪名对他们进行起诉。

如果您不这么做，那就是含蓄地说明了证人们说的是事实，也就是说我的委托人是朝空中开的枪。

现在我们来看制止了杰努阿尔迪的狱吏的证词。狱吏以起誓声明，在杰努阿尔迪开枪的时候，他正打算在帕塔内的摊点挑选几个梨，是枪声让他突然转过身来。

他看见杰努阿尔迪“放下了拿枪的手”，这是他的原话，所以他绝对无法确定杰努阿尔迪是朝空中开的枪还是朝拉菲乐里塔的方向开的枪。他还补充说，在制服枪手的时候，枪手不但没有反抗（也就是说冒着烟儿的枪还在他手里，而狱吏却手无寸铁），而且看起来甚至失去了意志力，就像呆住了一样。总之，没有人能够证明他看见了杰努阿尔迪拿枪瞄准拉菲乐里塔。

审判长先生！审判员先生们！

简而言之，我简明扼要地向你们陈述了事实，这正是我从杰努阿尔迪那破碎、激动而忧伤的话语中获知的，他是一个受尽侮辱、名誉受损的人，捉摸不定而充满欺骗的命运似乎总是想拿他开玩笑！但是，请你们注意，他给我所讲述的内容我都逐一进行了核实，因为不管是在庭内还是庭外，律师如果不是对被告的清白深信不疑的话，没人能说服他做辩护。

菲利普·杰努阿尔迪由于生意上的事情，从出生地维加塔搬到巴勒莫一段时间，他偶然间得知了他的同乡、亲如兄弟的好朋友罗萨里奥·拉菲乐里塔的地址，他曾失去了拉菲乐里塔的音讯。杰努阿尔迪和拉菲乐里塔是打小儿的好朋友，在学校里做过多年同桌，他们分享初恋的兴奋，分享第一次失意，他们一直无话不说。他们曾形影不离，在维加塔人称“卡斯达与波利克斯①”。他们曾经总是随时准备保护对方，总是相互分享一切，面包、金钱、幸福。

① 卡斯达与波利克斯是双子星座的两颗最亮的星星。

当杰努阿尔迪结婚的时候，拉菲乐里塔负债累累，只为给新人送上一份珍贵的礼物。当拉菲乐里塔生病了，杰努阿尔迪不分昼夜地照顾了他一个月。这就是友谊！感谢造物主的仁慈，地球上只有人类才能充分享有友谊这神圣的礼物！你们记得西塞罗吗，伟大的西塞罗？“你有一个可以对其倾吐一切，就像跟自己交谈一样的人，还有比这更幸福的事情了吗？”这就够了！我不想感动自己也不想感动你们。所以，鉴于上述这一切，我的委托人去找他许久未见的老朋友，这是一件再正常不过的事情。他到了大门附近，看到他朋友跑了出来。拉菲乐里塔为什么要跑？当然不是为了避免见到杰努阿尔迪，他甚至根本就没看见他，而是因为前一天他跟戛瓦卢佐·阿米勒卡雷先生约了见面，而他明显迟到了。戛瓦卢佐以起誓证明了此事的真实性。

不过，我要插句话。当地日报专栏记者在描述本事件时，写的是拉菲乐里塔刚看到埋伏的杰努阿尔迪就开始狂奔。先生们，这是如何地歪曲事实啊！媒体就是如此在事实查清之前歪曲事实制造涉嫌犯罪的舆论的。这种不负责任的行为为误判提供了肥沃的土壤。请你们允许我只是顺便提醒你们回忆一下，正在跟你们说话的人整整两次成为误判的受害者，他无辜遭受牢狱之灾，但是最终司法部门得以查明真相，而我，作为曾经的无辜被告，清白遭到否定使我的肉体与精神遭受了可怕的伤害，现在在这里保护另一位无辜的人免遭误判。要插的话到此结束。

所以我前面刚说到，杰努阿尔迪来到大门附近，他看到朋友跑了出来。他正准备喊他的时候，惊恐地发现一匹系在一辆沉重的马车上的马发疯似的朝拉菲乐里塔冲去，而与此同时，拉菲乐里塔由于绊了一跤倒在地上。为了避免最糟的事情发生，杰努阿尔迪闪电般地掏出左轮手枪，朝空中开了一枪，试图让那匹马离开那致命的路线。尽管开了枪，但很可惜那匹马还是在继续它致命性的奔跑。

这就是整个经过！这就是明确的、毫不含糊的真相。啊，我明白了！你们中有人费力忍住不笑。我明白了。我明白了。我的直觉感觉到你们中有人正在对我说："不，亲爱的鲁索托律师，你讲得不对！如果杰努阿尔迪是朝空中开的枪，那子弹是怎么打入躺在地上的拉菲乐里塔的腿里的？"

先生们，请你们相信我，你们想问我的问题，首先我也在漫长的饱受煎熬的夜里问过我自己。杰努阿尔迪也在无尽的煎熬中问过他自己同样的问题。审判长先生！审判员先生们！直到前天，卓越的弹道专家，著名的亚里斯提德·库苏马诺-维托教授就这个折磨人的问题给了我一个不容置疑的答案。庭上的所有人都知道，库苏马诺-维托教授由于肝硬化发作已经离开我们半个月了。但是即使是用颤抖的手，他仍想进行鉴定，巨大的痛苦折磨着他，有时甚至让他的字迹难以辨认。教授的儿子，在他父亲的文件中找到了那份资料，正当我要失去拿到资料的希望时，他把它交给了我。我现在出示鉴定书，并请求将其附在卷宗里。

在鉴定书里，库苏马诺-维托教授证实，子弹射出之后，朝上飞去，但是仅仅一会儿就因为轨迹的原因，撞上了位于杰努阿尔迪上方的阳台铁栏杆。子弹以锐角反弹，射入了拉菲乐里塔的腿部。

我的委托人反应迅速，朝空中开枪以免他心爱的朋友、兄弟！可能……

2. 萨萨和贾科莫·拉菲乐里塔的对话

“终于啊终于啊！能看到你，我这双眼是多么荣幸啊！从五月八号被打伤，我就躺在医院的床上了，而你都没来看过我一眼！我有一个多好的哥哥啊！我真是引以为豪！”

“萨萨，你发泄完了吗？我可以说话了吗？你要相信我：自从我成了省政府办公室主任，我连腾出一分钟吃饭的时间都没有，我很痛苦，更别说腾出时间从蒙特路撒来巴勒莫了。在这医院他们对你好吗？”

“好？如果说照料我，他们倒是照料得挺好的。但是我总有一种坐牢的感觉，阿贾。”

“你说什么呢？”

“你自己来看看：他们刚把我送到医院，就把我一个人关在这个房间里，我谁都不能见，谁也都不能进来，如果我问个问题，哪怕有只狗汪汪叫两声来回应我一下也好，他们也不给我买报纸。我对外面发生的事儿一点儿都不知道。比方说：他们是不是正在审判皮波·杰努阿尔迪那个龟孙子？”

“他们正在审。”

“进行得怎么样，啊？”

“从某个角度来说，很好。”

“从某个角度是什么意思，阿贾？角度只有一个，就是这个该死的受堂罗罗·隆吉塔诺指使想杀了我。所以就该把他关进牢里。”

“萨萨，你听我说，事情没有这么简单。你知道吗，我以你的名义提出了民事赔偿。”

“不知道，但我觉得应该如此。你做得对。我们应该让皮波·杰努阿尔迪彻底变成穷光蛋。找的哪个律师？是不是花了好多钱？”

“一个子儿都没花。免费的。是里纳尔多·鲁索托律师，他是皮波·杰努阿尔迪的辩护律师奥拉齐奥·鲁索托律师的弟弟。”

“我没听错吧？”

“你没听错。”

“可这他妈的是什么事儿啊？他们是兄弟啊！很可能他们是串通好了来整我们的！谁给你推荐的这个里纳尔多·鲁索托的？”

“你真想知道？堂罗罗·隆吉塔诺。”

"勋爵?!"

"也是他跟我说我们必须提出民事赔偿的。"

"皮波·杰努阿尔迪按他的命令开枪打了我，他还跟杰努阿尔迪做对?"

"堂罗罗跟我解释说，这一切都是假象，虽然是假象但是必须看起来像真的。"

"你想想看，这个律师根本一次都没有来跟我谈过。"

"他没来是因为你即使能说，也会说得乱七八糟。狠吃教授，就是这家医院的院长，他宣布你失忆了。"

"这个失忆是他妈的啥东西?"

"听着，萨萨，我知道你很激动，但是你不能再说脏话了，我很讨厌脏话。失忆的意思就是你失去记忆了。"

"可我什么都记得!"

"你想反对像狠吃这样一个人说的话?"

"噢，圣母啊，所有人都串通好了的!"

"你终于明白了。所有人都串通好了，皮波·杰努阿尔迪必须成功地从官司中脱身。而你，如果你想为我好，也为你好的话，你必须再做一件事。"

"他们想怎么样?"

"你必须写封信，我一会儿告诉你怎么写。"

“那如果我不写呢？”

“萨萨，他们给你把骨头接上了吗？”

“刚刚接上。”

“堂罗罗告诉我了。他说：‘如果萨萨不写这封信，我就派个人到医院把他的骨头重新一根一根地拆了。这样他就再也动不了了，再也不能像只蟋蟀一样从一家跳到另一家，我们就知道在哪儿能找到他了。’他就是这么给我说的。而且他还给我说了另外一件事。”

“他说啥了，我的哥哥？”

“他要毁掉我在省政府的前程。他要告诉所有人我和塔诺·普乐普拉的事儿。”

“这有什么好说的？你和塔诺一直都是好哥们，为了省钱你们俩同住一个房子住了十五年……他能说什么坏话？”

“就像他威胁我的那样，他可以说我和塔诺是夫妻。”

“世界上没有人会这么想你和塔诺的！”

“萨萨，我时间紧迫。堂罗罗不仅可以这么想，他还可以这么说。他手里有张字条。塔诺写给我的字条。”

“啊。我明白了。你告诉我我该在信里写些啥？”

3. 审判长和里纳尔多·鲁索托律师的对话

“请会计师罗萨里奥·拉菲乐里塔的民事赔偿申诉代理人，里纳尔多·鲁索托律师发言。”

“谢谢。审判长先生，审判员先生们！我的发言非常简短。我要做的仅仅是宣读我的委托人、会计师罗萨里奥·拉菲乐里塔向公证员卡塔尔多·利佐皮纳口述的声明，并且我请求将该声明附入卷宗：

‘感谢主的恩典，在失忆了很久之后，昨天我终于恢复记忆了。我现在赶紧来确认一件事，我发生事故的那天早上，我确实与戛瓦卢佐·阿米勒卡雷先生有个生意上的约会。由于迟到了，我跑着出了大门，随即便绊了一跤摔倒在地。随后发生的事，我只记得一匹发疯的马撞到了我身上。要是我看到我朋友皮波·杰努阿尔迪就好了！那我就会跑向他的怀抱，那些发生在他身上和我身上的事就不会发生了。这就是真相。特此证明，罗萨里奥·拉菲乐里塔。’

“先生们，你们还有什么要补充的吗？在宣读完之后，我们撤回民事赔偿申诉。谢谢。”

4. 卡罗杰利诺和隆吉塔诺勋爵的对话

“堂罗罗，皮波·杰努阿尔迪回来了。城里所有人都在为他庆祝，有人抱他，有人亲他……”

“卡罗杰利诺，你听我说。明天一早，等皮波·杰努阿尔迪的木材仓库一开门，你就进去，然后……”

“……我就崩了他。”

“卡罗杰利诺，不管是明天早上还是以后任何一天你都不能开枪打杰努阿尔迪。当然，除非是必要的时候。”

“堂罗罗，这个该死的婊子养的打破了我的头！”

“卡罗杰利诺，杰努阿尔迪跟你的头破了屁关系都没有。那是萨萨·拉菲乐里塔干的。但是如果你想发泄一下的话，等所有人都忘了这件事儿的时候，找个晚上，但要等皮波一个人的时候，你就去使劲敲他几棍子扒他一层皮。我允许你去干。行吗？所以，明天早上你要微笑着进皮波的仓库……卡罗杰利诺，笑一个给我看看。”

“这样行吗？”

“可你就不能笑得再好看点儿？”

“堂罗罗，我一想到皮波，我就笑不了更好看的了。”

“好吧，我们要知足。你要很有教养地走近他，给他说：‘早上好，杰努阿尔迪先生。堂罗罗派我来跟您说他很高兴您重获自由。’然后你把这些信交给他。一封是扎帕拉的那些继承人的，另一封是罗布雷斯蒂的，住在新约克的那个人，我在美国的一个朋友关照过他的事情。把这些信给他之后，你就给他说：‘堂罗罗说了现在你们俩互不相欠了。’然后你就转身离开。”

“怎么算互不相欠了，堂罗罗？可杰努阿尔迪还没能杀了萨萨呢？”

“谁告诉你我要杀了他？说好的就是朝他腿上开枪，而杰努阿尔迪做到了。”

5. 皮波和塔妮内的对话

“多美的早上啊！塔妮内，多美的早上啊！我高兴得都想跳舞了！”

“是的，阿波，一边吃饭一边给我讲讲所有事儿吧。”

“今天一大早他们给了我两封信……把盐递给我……一封是新约克来的，另一封是扎帕拉家的继承人们的。他们同意了，塔妮内！现在跟你爸爸家的电话的桩子，我可以埋了！”

“可是他们是咋被说服的呢？”

“谁知道！可能是因为我无辜坐牢。然后他们就同情我，管他呢！”

“听我讲，我很好奇。你给鲁索托律师付了多少钱？当然了他很厉害。”

“鲁索托？你想知道吗？我没给鲁索托一分钱。当我问他：‘律师，给您添麻烦了，我该如何回报您？’你知道他怎么回答我的？‘我反对不公正。所以我免费为无辜者辩护。’”

“他是个圣人。亲亲阿波，我们现在该想想怎么跟我爸爸说电话的钱的事儿。”

“塔妮内，我不需要你爸爸的钱。还是今天早上，‘房地亚保险公司’的代表来仓库里了。他告诉我最多一个月之内他们就会赔偿四轮车的损失。”

“上帝啊，我感谢你！”

“塔妮内，我想跟你说，我后天动身去费拉。我要把我的生意做大，塔妮内。今天早上斯帕拉皮亚诺公司还来了一封电报，说是订购的木材已经在路上了。轮子转起来了，塔妮内！现在我是一帆风顺！”

“你听我讲，阿波，今天晚上我可以请我爸爸来这儿跟我们一起吃饭吗？他很孤单，因为他妻子莉莉娜今天早上出发去费拉了。”

“塔妮内，这是什么话！我很高兴请他来。但是……”

“但是什么，阿波？”

“最好不要告诉你爸爸我要去费拉。他很可能会让我去做啥事儿，你知道你爸爸以前都怎么做的，他很烦人，有人刚说要去什么地方，他就粘上来：既然你要去那儿，你就帮我个忙吧，帮我带个这个，帮我做个那个。而我时间很少，非常少。”

“你说得对。你听我讲，阿波，你很快就回仓库里吗？”

“不。我要歇两个钟头。”

"那我先收拾碗然后就来。"

"塔妮内，我们反过来吧。你先跟我来然后再收拾碗。"

……

"玛利亚玛利亚玛利亚爽爽爽爽玛利亚我要死了……"

……

"塔妮内，来个不要脸的！"

"爽爽爽爽爽玛利亚玛利亚玛利亚爽爽爽我要死了……"

……

"塔妮内，来个放荡的！"

"我要死了玛利亚玛利亚玛利亚玛利亚爽爽爽爽……"

……

"塔妮内，来个社会党的！"

"等等你帮我一下。就这样。玛利亚好疼呀！好疼呀！玛利亚好……爽。爽。爽。爽。爽。爽爽爽爽爽爽爽爽爽爽爽。我要死了……"

文书系列与谈话系列

国家邮政电报部

部长

菲利普·杰努阿尔迪先生关于私用电话授权的申请已阅；

于 1892 年 6 月 20 日在蒙特路撒国库的 98 号存贷处缴纳的二十里拉保证金已收到；

参见 1891 年 4 月 25 日 288 号皇家法令批准的同年 4 月 1 日的第 184 号法律及该法律的实施条例。

法　令

授予菲利普·杰努阿尔迪先生使用一条长度不超过三千米的电话连接他的仓库和他住在蒙特路撒省维加塔市的岳父埃马

努埃莱·斯奇里洛先生的住宅的权利。

本授权自本法令颁布之日起五年有效，并须全面遵守上述法律和条例的规定。

授权的年费为二十里拉，款项将被列入本年度以及随后几年对应的财政收入预算的第37项。

授权的所有风险由受让人承担。政府无须为线路的建设和维护以及授权的行使担负任何责任：项目支持、地役权或者其他任何原因造成的费用，均由受让人承担。

本法令将在审计院注册。

罗马，1892年6月30日。

部长

西尼

于1892年7月4日

在审计院注册

注册号677，税收号398

（G. 卡皮耶罗）

（私人信件）

致埃马努埃莱·斯奇里洛先生

维加塔

墨西拿，1892 年 7 月 18 日

斯奇里洛先生：

尽管我现在想不起来您的准确地址，但是我还是希望您能收到我的这封信。

您开始读的这封信是我在墨西拿寄出的（您可以核对信封上的邮戳），信寄出几分钟之后，渡轮就将带我去大陆。我在那儿的一个城市找了份工作，我不会说在哪个城市，没有人会知道，就连我哥哥都不知道。

我永远都不会回西西里岛了，即使进了棺材也不回来了。

我本想以匿名的形式给您写这封信，但是最后我还是喜欢署上名字，因为这样您才能相信我讲的事实真相。

我马上要告诉您这件事的原因是我要报复你女婿那个罪犯，他朝我开枪，让我这辈子都成了瘸子。

菲利普·杰努阿尔迪是友谊的叛徒。他为了蝇头小利而将自己出卖给卡罗杰罗·隆吉塔诺勋爵，堂罗罗，“兄弟之手”的黑手党头子。由于我曾经得罪过堂罗罗的兄弟，所以他就要让我付出惨重代价。我逃离了维加塔，到了巴勒莫，但是每次我被迫搬家之后，您女婿就急忙把我的新地址送给勋爵，我当时感觉我就像一只被狗撵的野兔。堂罗罗的人没能抓到我，于是他们就让他来试试。于是他成功了。

所以，我重申一下，我这封信就是为了报仇的。

正如您所看到的，我是诚实的。

正如您所知道的，我和皮波曾经是好朋友，我们之间无话不说。

所以，至少是两年前的一天，皮波让我发誓保守秘密，他告诉我，他跟您的妻子、莉莉娜夫人发生了关系。

您当时外出不在维加塔，女佣也不在，只有他俩在别墅里，也不知道他们是怎么赤裸裸地就上了床。

他大笑着，将所有的细节、所有的详情当成儿戏一般讲给我听。

后来他们趁着家里没人的时候，还是在您的别墅，又做了两次爱。他把这两次的所有事情也给我讲了，并且由于他更好地了解了莉莉娜在床上的喜好，便用了大量的篇幅向我描述此事。

您完全可以不相信我。我跟他说不要再玩下去了，因为这件事很危险，就是一颗炸弹，但是他反驳说，他知道它的危险性，只是断绝关系他做不到，他也没想过，他甚至一字一句地跟我说："那个女人已经渗透到了我的血液里。"

之后他没再跟我说起莉莉娜夫人，我以为他听从了我的建议，跟她断绝了来往。

有一天我直接问他："你跟夫人断了吧？""没有。""那为啥你不再跟我说了？""因为我们相爱了，这便成了一件严肃的事。离开莉莉娜我就活不了了。""那你们怎么见面呢？"他跟我解释说，他们找到了一个保险的办法。每个月都有那么一两次，莉莉娜夫人会告诉您说她要去费拉看望她的父母。而皮波也提前或推后几天动身去费拉，因为时间的巧合不能太明显。

在费拉，在与莉莉娜姐姐的合谋下，他们可以在乡下的一所房子里共度几天。

这就是我所要说的。您知道，按我的判断，他为什么要跟您家安装一条电话线？为了更自由地跟您夫人通话，更方便地约定见面。

为了让您能够完全相信我的话——请问，在莉莉娜夫人骶骨的位置上是不是有一个心形的胎记？

罗萨里奥·拉菲乐里塔

1. 莉莉娜和塔妮内的对话

“莉莉娜，你刚刚派人去叫我，我放下手头上的所有事儿就跑过来了。怎么啦？发生什么事儿了？你的脸色好吓人啊！”

“啊，我的塔妮内，我过了一个好吓人的晚上！吓死了！”

“你为啥害怕？”

“因为你爸爸，塔妮内！因为我丈夫！”

“他生病了？你给他喊医生了吗？”

“塔妮内，不是生病的问题。昨个晚上，跟往常一样，你爸爸在吃饭的点回的家。他没有亲吻我跟我打招呼，甚至都没看我一眼，就进了书房，把自己锁在里面。我不晓得该怎么办。过了一会，我壮着胆子去到门后，告诉他饭菜准备好了。他不理我。我以为他没听见，我又重复了一遍。你晓得我丈夫是怎么回我的吗？他给我说‘别他妈的烦我’。”

“爸爸？！”

“是的，就是他。最开始我以为我听错了。”

“后来呢？”

“我很生气，我坐在饭桌前，但是我吃不下饭，我觉得我的胃都饱了。突然间，你爸爸在书房就爆发了。你爸爸破口大骂，大吼大叫的。”

“爸爸?!”

“不但如此，还开始出现了好大的动静，有东西摔在了地上，有东西被打碎了，还有东西被撕碎了……我吓得开始发抖，浑身冒汗。他这是怎么了?我自己问自己。后来安静了下来。过了一会儿，咔啦咔啦地传来钥匙插到锁眼里的声音，门开了一条只够你爸爸露出一个头的缝儿。他感觉跟疯子一样，头发竖着，眼睛瞪着。他想找女佣。我叫了女佣，他让她在书房给他安了张行军床。这时候我发火了。‘你为什么不想跟我睡?’我愤怒地问道。‘我的精神太紧张了，我会让你觉得讨厌的。’我整整一晚上都没能合眼，翻来覆去的。今天早上，女佣告诉我，他还是在往常那个点，也就是七点半出的门，看起来很平静。”

“莉莉娜，他是不是有什么事儿在生你的气呢?”

“生我的气?为什么?不，我觉得不是因为我犯了什么错惹他生气了。”

“莉莉娜，你不要着急。你看，他今天早上跟往常一样出门上班了，女佣也告诉你他很平静。他没事儿了。可能是生意上的不愉快，有什么事儿让他不顺心了。你知道他是个什么样的人，不是吗？你记得那次当皮波说想买四轮车的时候他是怎么发火的吗？他就跟魔鬼附体了似的，可是不到半天工夫他就没事儿了。你看吧，今天晚上等他回来，他肯定跟你道歉。”

“你说真的吗，塔妮内？”

“我说真的，莉莉娜。”

2. 普里塔诺、皮波和堂内内的对话

“杰努阿尔迪先生，一切就绪了！二十天，全部都弄好了！如果您方便的话，我们可以做个检验。”

“现在？我正准备关仓库……”

“可是只要一分钟就够了！”

“您看啊，现在已经晚上了，我岳父他们可能正在家吃饭，我不想打扰……”

“杰努阿尔迪先生，实际上我想坐最后一班火车回巴勒莫，明天一早我办公室还有个重要的预约会面。”

“那好吧，我们来检验一下。”

“您看好了。首先需要把听筒从叉形器上拿起来，把它放在耳朵边，同时用另一只手转动摇柄三到四次。您要记得，说话声音需要大一点儿，嘴巴几乎要贴上话筒才行。电话正在接通，您把脸贴近我的脸，这样您也可以听到了。喂？”

“喂。”

“是斯奇里洛先生吗？”

“是。”

“斯奇里洛先生，我正在检测线路。您能很清楚地听见我说的话吗？”

“能。”

“我也能。听着，斯奇里洛先生，您要帮我一个忙。您挂上电话，然后给您女婿仓库这边打过来。我想检测一下接听效果，杰努阿尔迪先生。好了，您听到了？响了。喂？”

“喂。”

“效果非常好。斯奇里洛先生，您想跟您女婿说话吗？”

“不。”

“那好，就这样，再见。杰努阿尔迪先生，从今往后，电话就供您使用了。我非常感谢您的热情款待……”

“普里塔诺勘测员，您干什么？急着走啊？我们先去大吃一顿绝对新鲜美味的鱼吧。赶最后一趟火车的时间还有呢。”

3. 卡鲁泽、皮波和莉莉娜的对话

“卡鲁泽，你必须跑去火车站一趟。今天早上斯帕拉皮亚诺公司的木材到了。”

“我？可是以前每次都是您去火车站的！”

“今天早上你去。你看看我们雇的手推车是不是都在。一共是十五辆，应该够了。你让他们把木材装上车，运到仓库来。”

“遵命，堂皮波。”

“啊，你听我讲，现在你就走吧，把大门关上。”

“为啥？要是有人想来找您谈话，结果发现仓库大门锁着咋办？”

“卡鲁泽，我要办一件非常重要的事，一会儿我会重新把大门打开的。”

“好的，堂皮波。”

……

“怎么回事，不管用了？上帝啊，为啥没人说话？你是想看着这个电话还没用就坏了吗？啊，终于好了！喂，喂！莉莉娜，是你吗？”

“喂。”

“喂！莉莉娜！是我，皮波！”

“啊，是你，我的皮波？”

“是我，漂亮的亲亲莉莉娜，我最爱的亲亲莉莉娜！”

“噢，圣母啊！我的两条腿都在打颤！我的亲亲阿波，我心爱的小心肝，是你吗？好长时间以来我都在盼着这一刻，能够听到你的声音了！”

“太好了，太好了！这个电话是多伟大的发明啊！跟我说：我的皮波，我爱你。”

“我的皮波，我爱你。”

“那个绿毛龟出去多长时间了？”

“约莫一个钟头。”

“那女佣呢？”

“半个钟头。”

“那今天早上我们没有时间见面了。亲爱的，我安电话不仅是想等绿毛龟不在家的时候能跟你说说话，还想跟你好好商量，最好每天都能见面。”

“你讲的是真的？怎么见？”

“这样，你听我讲。绿毛龟今天早上七点半出门的，对不？”

“准得你都可以照他的时间对表了。”

“而你是大概八点的时候让女佣去买菜的，对吧？”

“对。”

“好的。明天早上，女佣一出门来城里，你就给我打电话，跟我说路是通的。我骑上马，十分钟就到了，我们至少有两个小时的时间。这样我就终于能够搂着你，亲你全身，亲你的嘴、你的胸、你的肚皮、你的大腿之间……”

“别，别，阿波，我觉得我浑身发热都要化了似的……”

“等一下，莉莉娜，我听到有啥声音。我去看看，你不要挂电话……谁在那儿？有人吗？是谁？啊，是您？早上好。您看真凑巧啊，我正准备去您家找您，而您就来了！我刚刚正问莉莉娜夫人……噢，天哪，什么？您想干什么？不，求您了，别，别……”

“皮波？皮波？噢，圣母啊，发生什么事儿了？这爆炸声是什么？皮波，皮波！怎么了？他们在干什么，还在开枪？皮波！皮波！”

4. 利卡里奇中士和兰扎-思科卡中尉的对话

“见鬼，利卡里奇！您不敲门就进来啦？”

“请您原谅，中尉先生。但是发生了一件令人难以置信的事情！要不我不会不经允许……”

“说吧。”

“您命令我，只要我有时间就在杰努阿尔迪的仓库附近转转，看看谁往里钻了，请原谅，谁进去了还有谁出来了……”

“那么怎么了？”

“五分钟前，我正好在他的仓库附近，我似乎听到砰的一声，一声枪响。我赶紧靠得更近些，这次我又听到了另一声枪响，听得非常清楚。毫无疑问，他们开枪了。”

“你进去了？”

“是的，先生。”

“发生什么事了？”

“杰努阿尔迪的岳父开枪杀了女婿，然后用同一把枪自杀了。”

“噢，上帝啊，你说什么?!”

“尸体还在仓库里呢，中尉先生。如果您愿意，您可以去看看。”

“可是他为什么这么做?快点儿，随时可能有人进去……”

“您不要急，不会有人进去的。我把仓库大门锁上了，钥匙在这儿呢。”

“我们走，不要浪费时间。”

“您听我讲，中尉先生。我相信没人听到枪声。不要着急。我们可以慢慢来做些事情。”

“什么事情，中士?”

“这是个千载难逢的好机会，中尉先生。”

“我不明白。”

“现在我来给您解释。”

《先驱报》

政治日报

社长：G. 奥多·博纳菲德　　　　1892 年 7 月 27 日

一场爆炸两人粉身碎骨

昨天早上九点左右，维加塔市（蒙特路撒省）克里斯皮路的居民听到了一阵巨大的爆炸声，爆炸引起了巨大的恐慌。皇家宪兵中尉伊拉里奥·兰扎–思科卡与利卡里奇中士正好从附近经过，二人立即赶往现场。

爆炸发生在上述路段 22 号的菲利普·杰努阿尔迪先生所有的木材仓库的内部。中尉和中士穿过被爆炸卸下的大门，进入仓库里，二人看到了可怕的一幕。在废墟中躺着杰努阿尔迪和他岳父的尸体，已经被炸得粉身碎骨，十分可怕。他的岳父埃马努埃莱·斯奇里洛，现年 60 岁，是当地一位著名的备受人们尊敬的商人。

造成这场悲剧的原因毫无疑问：是由于杰努阿尔迪正在制作一枚中等威力的炸弹时意外发生爆炸造成的（在他的尸体旁边发现了制作其他爆炸装置的导火索和一些没有爆炸的圆柱形弹体）。

人们自然产生的一个疑问就是：长期以来维加塔皇家宪兵指挥部一直怀疑杰努阿尔迪是危险的颠覆分子，而他的岳父埃马努埃莱·斯奇里洛也出现在仓库里，他是不是杰努阿尔迪的同谋？

我们还记得，不久前杰努阿尔迪曾卷入在巴勒莫发生的一场不明原因的伤害事件；在此之前，他还由于参与颠覆活动被拘捕两次，但是每次都奇怪地被无罪释放。

皇家宪兵正在展开调查。

《先驱报》

政治日报

社长：G. 奥多 · 博纳菲德　　　　1892 年 7 月 28 日

维加塔爆炸案的最新详情

莉莉娜 · 罗勒夫人，维加塔市杰努阿尔迪所有的木材仓库的爆炸中与其一同丧生的埃马努埃莱 · 斯奇里洛先生的第二任妻子，向本报记者恩贝多科勒 · 库力恰先生证实："昨天早上，刚过八点半，电话响了，连接我丈夫女婿的仓库和我们家之间的这部电话是昨天刚刚装上去的。是杰努阿尔迪打过来的，他问我他岳父的消息。实际上，一个星期以来我那可怜的丈夫一直都非常激动、烦躁不安，我们都不知道是什么原因，也许这就是这场悲剧的原因吧！"说到这儿，夫人不得不停下来，她悲伤地啜泣，这让她无法说话。好容易止住哭泣，她继续说："我告诉他，我丈夫尽管感觉还不是很好，但是他跟往常一样在七点半的时候就出门上班了。我正准备挂电话时，就听到几句含糊不清的话，紧接着就是两声爆裂声，我觉得是枪声。我们的别墅在乡下，我非常担心，就匆忙穿好衣服，赶紧朝维加塔赶路。半路上我遇到了嘎埃塔妮娜，也就是我丈夫的女儿，也是杰努阿尔迪的妻子，她是来询问她爸爸的健康状况的。我把我在电话里听到的全告诉她了。我们决定回家再试着朝仓库打一次电话。没人接电话。我们非常害怕，我们跑到城里，看到了发生的惨剧。”

维加塔皇家宪兵指挥部指挥官，伊拉里奥·兰扎-思科卡，谦恭地向本报记者就此事发表了他的个人看法。

“斯奇里洛的妻子所说的一切符合事实真相。斯奇里洛先生从某种途径得知了女婿的颠覆行为，对此感到心烦意乱。斯奇里洛先生作为模范市民、社会秩序的守护者，对于自家出了一个阴险如毒蛇的颠覆分子的事实，他感到很痛苦，因为这是他和他那受人尊敬的家庭的耻辱。于是他开始监视杰努阿尔迪，同时命令他的心腹，在杰努阿尔迪的仓库做学徒的卡罗杰罗·亚科诺也负责监视杰努阿尔迪。昨天早上，杰努阿尔迪命令亚科诺离开并把仓库大门锁上，但是亚科诺没有听从他的命令，依旧让大门开着，所以可怜的斯奇里洛就进了仓库而没被发现。因此，他惊恐地发现了他的女婿正在制造一个炸弹！于是他走出来，用一把左轮手枪威胁杰努阿尔迪，但是那个卑鄙恶劣的家伙竟然袭击了他。出于正当防卫，斯奇里洛不得不开枪，后来由于羞愧难当，他将枪对准了自己。”

本报记者恩贝多科勒·库力恰于是问这位卓越的军官，如何解释开枪十几分钟之后才发生了爆炸?

“可怜的斯奇里洛，”兰扎-思科卡中尉解释说，“他认为他杀死了杰努阿尔迪所以就自杀了。但是杰努阿尔迪并没有死（祸害总是不容易死!），他绝望地想把爆炸装置隐藏起来。在受伤幸存的情况下，总能找到一百零一个交火的理由，他把所有过错都推到了他岳父身上。但是由于受伤严重，他不得不笨拙地操作着炸弹，以至于让炸弹爆炸了。这就解释了枪声与爆炸之间的时间间隔问题。”

维加塔皇家宪兵的调查还在继续。

皇家宪兵总司令部

西西里地区总司令

致维加塔皇家宪兵指挥部

伊拉里奥·兰扎–思科卡中尉

巴勒莫，1892 年 8 月 20 日

中尉！

我通知您，鉴于您在杰努阿尔迪一案中表现出的英明、能干和不屈不挠，对您进行通报表扬，并将其记入您的鉴定评语中。

从即将到来的九月一日起，您将调任巴勒莫任一级准尉一职，受我领导。

您确实是位非常优秀的军官。

总司令

（卡罗·阿贝托·德·圣–皮埃尔）

又及：如果您知道耶苏阿勒多·兰扎-图洛中尉在我的提议下调任罗马，并且他也受到了通报表扬，您肯定会很高兴。

内政部

公共安全司–纪律办公室

致维加塔公共安全特派处

安东尼奥·多刺扎手先生

罗马，1892 年 8 月 20 日

鉴于来自多方的怨言与抗议，您的不合作态度甚至有时是妨碍公务的举动不利于维加塔皇家宪兵针对著名的颠覆分子杰努阿尔迪展开的调查，本纪律办公室认为，您若继续留在维加塔，已经与宪兵部队和公共安全司之间长期保持的和谐水火不容。

因此命您调任努格埃杜（撒丁岛）担任副特派员一职。您必须在即将到来的 9 月 10 日之内到任，不得逾期。

纪律办公室主任

（总监察员阿玛必勒·皮罗）

内政部

部长

致高级军官

阿里戈·蒙特利奇

蒙特路撒警长

罗马，1892 年 8 月 20 日

警长先生：

在著名的颠覆分子杰努阿尔迪事件中，您采取了与蒙特路撒省长阁下对立的过于死板的态度，如果不是您远远地超出了限度，这种对立还可以被视为本国两名高级官员之间的自由信念的正常分歧。

但是您为了支持您的观点而做出的那些举动，已经到了偏执地诽谤两名优秀的宪兵军官的地步，而他们两人只是想履行他们的职责。您甚至还欺骗了西西里宪兵总司令，致使他采取了错误的举措。您对此还不满足，您还为您的下属、维加塔的公共安全特派员的许多不明举动不断地提供保护。

我非常遗憾，为了与首相阁下保持一致，我不得不认为您不适合继续留在蒙特路撒。

在收到此信的一个月之内，请您到达您的新工作地点努奥罗（撒丁岛）。

我希望您从刚刚过去的事件中汲取经验教训，能够改善对您的性情确实无益的某些方面。

部长

（无法辨认的签名）

5. 特派员和警长的对话

“对不起，警长先生，我来您家打扰您了。我想跟您道别，今天午饭后我就要走了。”

“多刺扎手，请进，请进。您看，我也要走了。我要提前离开蒙特路撒了，我去松达洛我的独生女儿家住几天，她结婚了，住在那儿。那儿空气很好。”

“我都不知道您有个女儿。”

“那再告诉您，我还有个两岁的小外孙呢，我还从没见过他。”

“噢，圣母啊，这么多书！整整一屋子！您要把这些书都留在蒙特路撒吗？”

“我这儿的一个朋友将会每次给我寄一点儿到努奥罗。”

“警长先生，您想知道一件有趣的事儿吗？”

“这个地方还有有趣的事吗？”

“这件是。部里搞不清地理。他们不知道努格埃杜在哪儿。”

“在哪儿？”

“离努奥罗只有几公里。将来仍然是您领导我，这对于我来说是个极大的安慰。”

“我也感到很欣慰。对不起，电话响了。喂？是，是我。不，不打扰，您说。啊，是吗？难以置信！谢谢您。我会去跟你们所有人道别。再见。谢谢。”

“警长先生，我该走了。”

“特派员，您想知道一件有趣的事儿吗？”

“这个地方还有有趣的事吗？”

“他们从警局给我打的电话。他们刚刚得知，马拉夏诺省长复职之后，被调往巴勒莫给西西里岛所有的省长做活动协调人。您不觉得好笑吗？”

“不，警长先生。我告辞了。”

“您干什么？跟我握手？多刺扎手，您过来。我们拥抱一下。”

意大利简图

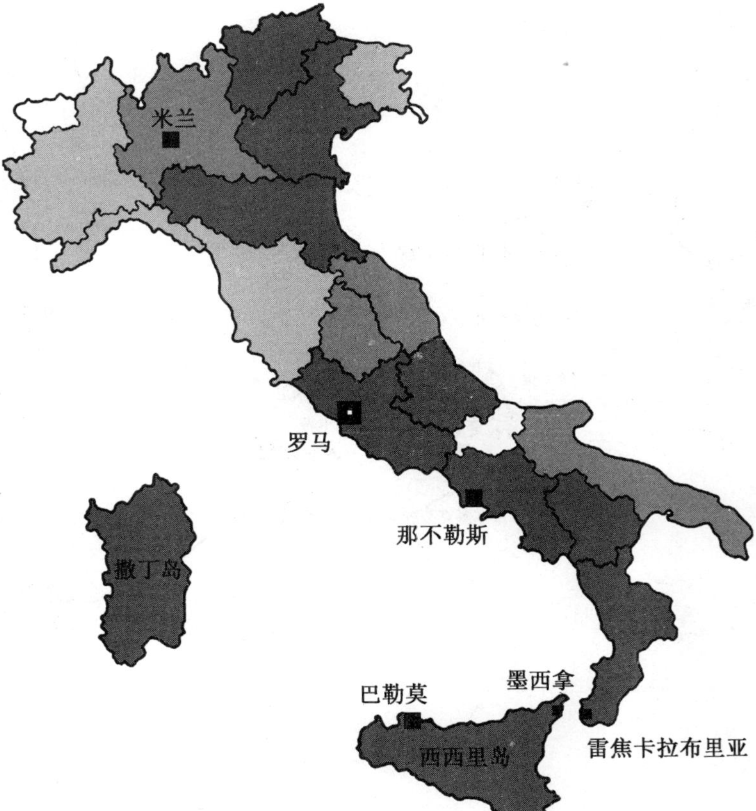

西西里岛简图

墨西拿
巴勒莫
皮亚纳德利亚尔巴内西
特拉帕尼
科尔莱奥内
马多涅山脉森林公园
卡塔尼亚
布尔焦
比沃纳
卡斯泰尔泰尔米尼
门菲
圣比亚焦
普拉塔尼
格罗特
卡尼卡蒂
阿格里真托
拉瓦努萨
恩佩多克莱港
杰拉

撒丁岛简图

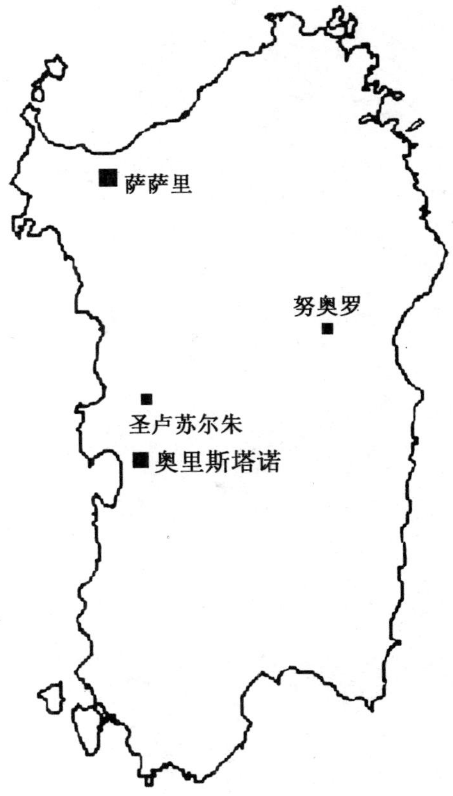